クイズで楽しむ

三国志仰天エピソード210

三国志クイズ学会 編

マイナビ

まえがき

長きにわたって古今東西の人々を魅了し続けてきた「三国志」。この物語が人を惹きつけるゆえんは、登場人物ひとりひとりの痛快なエピソードにある。

あるいは一騎当千の力自慢、あるいは権謀術数で主君を補佐する参謀。忠義を尽くして散る者もあれば、右へ左へ主を渡り歩いて成功を収める者もいる。ひとつの判断ミスや不運が死や滅亡に直結する戦乱の世において、彼らの生き様が実に鮮やかに描かれるのが三国志の魅力と言える。

その人気ゆえに、三国志の主要なキャラクターたちがどのような人物で、どのような名シーンを演じてきたのかは、日本においてもいわば常識として語られることが多い。関羽、諸葛亮、曹操といった人物は、織田信長や坂本龍馬と並べられるほど、日本人の心に深く根付いている。

そこで本書では、それらの魅力的なエピソードをクイズ形式で紹介していく。

三国志という名前は知っているし、孔明とか劉備とか曹操といった名前は一応知っているけど、詳しいことは何もわからない、今さら吉川英治の小説や横山光輝のマンガを読み始める元気もないけど、何も知らないままというのは少し恥ずかしい。

そんな人でも、四択クイズを何となく解き進めるだけで、彼らの魅力の一片を知ることができるように作っている。

もちろん、我こそはという三国志マニアは、自らの知識を試すためにぜひ利用してほしい。かなりのマニアでも知らないような、英雄たちの意外な一面も数多く紹介している。本書をきっかけに、三国志のことをより身近に感じてくれるようになれば幸いである。

三国志クイズ学会

※本書のクイズ問題をはじめとした全ての記述は、「三国志演義」を原典としています。

※本書のクイズ問題は、２００８年12月に発売されたニンテンドーＤＳ向けのゲームソフト「クイズ三国志通ＤＳ」に収録された２０００問以上の問題の中から良問を抜粋し、加筆修正を加えたものです。

クイズで楽しむ　三国志仰天エピソード210　目次

序章

ゼロから楽しむ三国志　英雄たちの魅力

■1800年前の中国は、日本と比べるべくもなく繁栄していた

三国志の舞台となるのは、中国の後漢王朝の末期から三国時代の終焉まで、概ね184年ごろから280年の約100年間。日本で言えば弥生時代、邪馬台国が成立して、国家という体裁がなんとかできたばかりという時代だ。

三国志では、数十万単位の軍勢を率いての大規模会戦、騎馬隊や水軍を使いこなしての集団戦が日常的に行われている。当時の日本と比較すると、その国家としての成熟度は比べ物にならないことが分かる。それもそのはず、中国四千年の歴史などと語られるだけあって、その歴史は、三国時代に至るまでもさまざまな紆余曲折を経ているのだ。

ここで簡単にその流れをおさらいしておこう。

■中国の古代史

少なくとも考古学的に実在が確認されている最古の王朝は殷王朝といい、紀元前17世紀頃に興ったとされている。王朝最後の紂王は暴君の代名詞とされ、后の妲己を溺愛して暴政を行った。太公望呂尚の活躍もあって周の武王がこれを滅ぼし、周王朝が興る。紀元前11世紀頃のことである。この治世は数百年にわたったが、徐々に衰退して、さまざまな国家が王を名乗り覇権を競う春秋戦国時代に突入していった。このとき日本はいまだ縄文時代である。

春秋戦国時代に終止符を打ったのは秦の始皇帝である。始皇帝の手によって紀元前２２１年、史上初めて中国の統一がなされた。しかし始皇帝が死ぬと各地で反乱が起き、秦王朝は紀元前２０６年には滅びてしまう。

秦が滅びた後覇権を競ったのが、楚の項羽と漢の劉邦である。有名なこの２人の戦いは劉邦が勝ち、漢王朝が建てられた。漢王朝の治世は前漢・後漢合わせて４００年以上にわたって続き、いよいよ本題となる三国志の時代が始まる。

■三国志の始まり

後漢王朝の末期は、皇帝の権力が形骸化して、宦官や外戚などが実権を握るようになっていて、あちこちで農民らの反乱が続発した。そんな中、１８４年に起こった大規模な反乱が、三国志の物語の端緒でもある黄巾の乱である。「蒼天すでに死す、黄天まさに立つべし」というスローガンを掲げてその勢いは全国に飛び火した。

この反乱を収めるために諸国から豪族や義勇兵らが立ち上げる。ここで、劉備や曹操といった三国志の主要な登場人物が初めて登場するのだ。

一方、後漢王朝は完全にその統率力を失った。帝は時の勢力の強いものに次々と利用される傀儡としての役割しか持つことができなくなった。

これが三国志の物語の始まりだ。このような背景の中、ある者は漢室の再興のため、ある者は自らの権力のため、群雄割拠の世でそれぞれの野望を抱えて天下をうかがう。

■三国志の登場人物

このような背景の中、三国志の世界では実に５００人を数える人物が登場し、そのひとりひとりが生き生きと歴史に名を刻んでいる。

そんなにたくさんの人物がいるのでは……と尻込みしてはいけない。三国志の物語を楽しむためには５００人も覚える必要は全くない。まずは本書の第3章で紹介している英雄ベスト10のパーソナリティを押さえておけば、十分に三国志を楽しむことができるだろう。本書の巻末に主要人物２００人のプロフィールを掲載している。気になる人物がいたらそちらでチェックしていけば、より理解が深まるはずだ。

さて、本章では、三国志初心者のために、特に重要な人物3人を紹介しておこう。これくらいの予備知識があれば、本書のクイズも十分に楽しむことができるはずだ。詳しい方は読み飛ばしていただいて構わない。

■劉備～漢室再興のため立ち上がる、物語の主人公

本書のすべての記述は『三国志演義』をベースにしている。それでは『三国志演義』とはいったい何か？　ここで少し説明しておこう。『三国志演義』は歴史書である三国志（正史）をもとに明代に書かれた時代小説である。正史の記述を踏まえて人物像をより鮮やかに描き、広く大衆に読み継がれた。三国志の人物イメージの多くは『三国志演義』によって確立されたものだ。

さて、劉備はその『三国志演義』の主人公である。もともとは一介のわらじ売りにすぎなかった劉備が、王を名乗るにまで至る出世の物語である。そして義兄弟関羽・張飛との友情物語でもある。

張飛　　関羽　　劉備

そのテーマは漢室再興。

「劉」という姓が示す通り、劉備は漢王朝の開祖である劉邦の血を引いている。その点が曹操をはじめとする他の英雄たちと決定的に違っているのだ。

劉備は、関羽と張飛に出会って挙兵するが、その当時は一傭兵に過ぎなかった。陶謙や曹操や劉表などに抱えられ、流浪の生活が20年以上にわたって続く。

それが一変するのが諸葛亮との出会いだ。

「三顧の礼」で軍師諸葛亮を迎え入れた劉備は、魚が水を得たように天下の鼎の一隅を占め、蜀を建国する。

なんとか天下を睨む位置までたどりついた劉備だが、魏や呉に比べ、その戦力差は如何ともし難い。義兄弟の関羽が討ち死にし、劉備自身も病に倒れ、王朝の斜陽は明らかなものとなる。そして、劉備の夢を引き継いだ諸葛亮が、悲壮な覚悟で強大な敵に立ち向かっていく。この劉備と諸葛亮の物語が、三国志演義の骨子である。

諸葛亮

■曹操～治世の能臣、乱世の奸雄

劉備を主人公とする『三国志演義』では悪役として描かれる曹操。叡智と武勇とカリスマ性を兼ね備えた三国志最強のリーダーだ。

若くしてその才能は知れ渡り、人物評で知られる許劭に「治世の能臣、乱世の奸雄」と評される。平穏な世なら優秀な官吏になれるが、乱れた世では、邪な知恵を使ってのさばるようになるだろう、という評価だが、曹操はこれを喜んだとされる。

曹操

自身の才能も卓越しているが、臣下にも才能あるものを好み、実力主義で登用した。一方で、目的のためなら手段を選ばない残虐性も持ち合わせており、そのエピソードは本書で数多く紹介している。

帝を擁することになったのがきっかけでぐんぐんと勢力を増し、河北に一大勢力を築いた袁紹を打ち破ることで、最大の勢力となる。

最終的にはこの曹操の勢力を引き継いだ晋王朝が中国全土を統一することになる。

この曹操が唯一ライバル視したのが、主人公の劉備であった。三国志は、この両極端な2人の英雄が織りなす物語とも言える。

張遼

夏侯惇

司馬懿

■孫権～内政に手腕を発揮した三国志第3の男

孫権は呉王朝の初代皇帝である。劉備と曹操という2人の傑物に比べると多少地味な印象を拭えないが、大国の呉をよく治め、また曹操や劉備にもしばしば痛烈な痛手を与えている。なお呉王朝は魏・呉・蜀の三国の中で滅亡がもっとも遅かった。

孫権は曹操、劉備より年少で、三国志の序盤では孫権の父孫堅が活躍していた。孫堅が若くして戦死すると孫堅の息子で孫権の兄である若き俊英孫策が勢力を拡大する、しかしその孫策も若くして病死してしまう。父と兄の跡を継いだ孫権は、江東に地盤を固める。自ら戦争に出るタイプではないが、外交や内政で手腕を発揮した。

孫権

孫堅

孫策

呉には、臣下に魅力的な人物が数多く登場する。諸葛亮に強烈なライバル心を抱く周瑜、劉備をさんざんに打ち破った陸遜、甘寧と凌統の友情などがその一例だ。本書では彼らの人物像に迫った問題も多く収録した。

■さあ、三国志の世界へ

まずはこれだけ押さえておけば、三国志の第一歩は踏み出せたようなものだ。

彼らの人物像をイメージしながら、本書で出てくる四択クイズをヤマカンで予想して解答ページをめくり、解説を読んでほしい。そうすれば三国志の人物像がどんどん膨らんでいくだろう。

周瑜　陸遜

凡例

問題：問題は四択方式です。

難易度：難易度は★～★★★★★の五段階です。

解説（答えのページ）：その問題の背景となる事柄を説明します。

関連問題：前ページの問題に関係する問題を4問出題しています。

問題　**名シーン１　桃園の誓い**

★　Q.001

劉備・関羽・張飛は桃の木の下で義兄弟の契りを結んだ。3人が同じ日にどうすることを誓った？

①天下を取ること　②漢室を再興すること

③死ぬこと　④結婚すること

三国志最初の名シーン。黄巾賊討伐の高札を前にため息をついた劉備に張飛が声をかけ、さらに関羽と出会う。意気投合した3人の宴会から、壮大な物語が動き始める。

関連問題　**劉備３兄弟の深い契りこそが、この物語を貫く大テーマだ**

★★　Q.002

劉備、関羽、張飛が義兄弟の契りを結んだ桃園は誰の家の裏にあった？

①関羽宅の裏　②劉備宅の裏

③張飛宅の裏　④盧植宅の裏

★★★★　Q.003

劉備、関羽、張飛が兄弟の長兄を決めるために行ったことは？

①木登り　②腕相撲

③利き酒　④双六

★　Q.004

関羽が華雄を討ち取った際、そのあまりの早さに出陣前に用意されたある物はまだ温かいままだった。さてこのある物とは？

①スープ　②茶

③風呂　④酒

★★★　Q.005

曹操と劉備が英雄論を語らう場に、関羽と張飛が乱入した際、曹操は「ここは○○ではない」と言った。さて、何と言った？

①清談の会　②鴻門の会

③絶門の会　④酒池肉林の会

第1章

三国志名シーン10

まずは三国志ファンなら当然知っている
有名なエピソードをご紹介する。

簡単すぎる?
いやいや侮るなかれ。
有名な話の裏側に隠れた英雄たちの
知られざる逸話も出題しているぞ。

問題　名シーン１　桃園の誓い

★　Q.001

劉備・関羽・張飛は桃の木の下で義兄弟の契りを結んだ。３人が同じ日にどうすることを誓った？

①天下を取ること

②漢室を再興すること

③死ぬこと

④結婚すること

三国志最初の名シーン。黄巾賊討伐の高札を前にため息をついた劉備に張飛が声をかけ、さらに関羽と出会う。意気投合した３人の宴会から、壮大な物語が動き始める。

答え

A.001

正解

③死ぬこと

解説

「我ら三人、生まれた日は違えども、同年同月同日に死せんことを願わん」と誓った。その後、馬商人の張世平と蘇双に馬と軍資金を援助してもらい、幽州太守劉焉のもとに向かった。

関連問題　劉備3兄弟の深い契りこそが、この物語を貫く大テーマだ

Q.002 ★★

劉備、関羽、張飛が義兄弟の契りを結んだ桃園は誰の家の裏にあった？

①関羽宅の裏　②劉備宅の裏　③張飛宅の裏　④盧植宅の裏

Q.003 ★★★★

劉備、関羽、張飛が兄弟の長兄を決めるために行ったことは？

①木登り　②腕相撲　③利き酒　④双六

Q.004 ★

関羽が華雄を討ち取った際、そのあまりの早さに出陣前に用意されたある物はまだ温かいままだった。さてこのある物とは？

①スープ　②茶　③風呂　④酒

Q.005 ★★★

曹操と劉備が英雄論を語らう場に、関羽と張飛が乱入した際、曹操は「ここは○○ではない」と言った。さて、何と言った？

①清談の会　②鴻門の会　③絶門の会　④酒池肉林の会

答え

A.002

③張飛宅の裏

張飛宅の庭にある桃の木の下で酒宴を開いた。「桃園の誓い」のエピソードは正史には存在しない。三国志演義の著者羅貫中による創作だ。

A.003

①木登り

桃の木を一番早く登った者が長兄になると決めたが、劉備だけは登らずに「根があってこそ大木であろう」と言った。感じ入った二人は、劉備を長兄にした。

A.004

④酒

董卓討伐軍が猛将・華雄に手をこまねいていたところ、関羽が華雄討伐に名乗りをあげ、曹操から注がれた酒がまだ熱いうちに華雄を討ち取った。

A.005

②鴻門の会

剣を抜きながら乱入した関羽と張飛を、秦の時代に項羽が劉邦を斬ろうとした「鴻門の会」で、劉邦を助けるために飛び込んできた樊噲になぞらえた。

問題　名シーン２　劉備、臥竜を得る

★　Q.006

劉備は諸葛亮を配下に加えるため、三度、諸葛亮の草庵を訪れた。俗にこのことを何という？

①臣下の礼

②三顧の礼

③慇懃無礼

④三枝の礼

その当時劉備はすでに40代だが諸葛亮は20代。長幼の序を重んじる社会通念上、常識外れとも言える対応だった。

答え

A.006

正解

②三顧の礼

解説

現在では身分の高い者が部下などに礼を尽くす、また特定の人物を信任、優遇するという意味で用いられる。

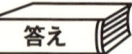

関連問題　孔明を得た劉備は、水を得た魚のように天下を泳ぎ始める

★★ Q.007

劉備が諸葛亮を招こうと三度目に庵を訪ねた際、昼寝をしている諸葛亮に腹を立てた張飛は何をしようとした？

①庵に火をつける
②庵を叩き壊す
③庵をゆする
④諸葛亮に斬りかかる

★ Q.008

草庵を三度訪ねてきた劉備に諸葛亮が語った天下構想を何という？

①魏呉共食の計
②巴蜀の計
③天下三分の計
④天下二分の計

★★ Q.009

諸葛亮の実力を疑う関羽と張飛を従わせるために、諸葛亮が劉備から借りたのは官印と何？

①鎧
②兜
③棺
④剣

★★★★★ Q.010

諸葛亮が劉備の軍師になった際、徐庶は曹操に「自分が蛍の光なら、諸葛亮は○○だ」と例えて説明した。何に例えた？

①太陽
②明月
③蝋燭
④大星

答え

A.007
①庵に火をつける

諸葛亮のもとへと通う劉備が面白くない張飛は、三度目の訪問で諸葛亮が昼寝をしているのを知り、腹を立て庵に火をつけようとしたが、劉備にたしなめられた。

A.008
③天下三分の計

諸葛亮は劉備に「北は曹操、南は孫権に譲り、荊州を足がかりに蜀を取る」という「天下三分の計」を示した。

A.009
④剣

劉備の剣と官印を持って命令するということは、劉備から命令されていることと同じなので、関羽らは諸葛亮に従わざるを得なかった。

A.010
②明月

夏侯惇が「劉備を攻めたい」と言うのを、徐庶は「諸葛亮が軍師になったから倒すのは難しい」と反対し、自分を蛍、諸葛亮を月に例えその才を説明した。

問題　名シーン３　赤壁の戦い

★　Q.011

諸葛亮と周瑜は赤壁の戦いの前、曹操を破る計略を互いの手のひらに書きあったが、ふたりは何と書いた？

①風

②火

③水

④雨

稀代の軍師二人の心がひとつになった名シーン。
こうして有名な計略は実行に移された。

答え

A.011

正解

②火

解説

ふたりとも火計を用いて倒そうと考えており、意見が一致したふたりは心の底から笑った。

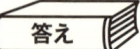

関連問題　虚々実々の駆け引き、さまざまな人物の思惑が交差する名シーンだ

★　Q.012

赤壁の戦いの際、偽りの投降を信じさせるため、呉の老将黄蓋が周瑜に棒打ちの刑を受けたことを何という？

①赤壁の棒打　**②連環の計**　**③苦肉の策**　**④偽降の策**

★★　Q.013

赤壁の戦いが起こる前、孫権が曹操との決戦を決意した際、決意を示すため剣で斬り捨てたものは何？

①机　**②庭石**　**③鼎**　**④椅子**

★★　Q.014

赤壁の戦いで曹操軍の水軍を任されるが周瑜に敗北、また周瑜の策により曹操に内通を疑われて殺されたのは誰？

①蔡瑁　**②蔡和**　**③蔡中**　**④蔡勲**

★★★　Q.015

赤壁の戦いで大敗した曹操が、「○○が生きていたらこんなぶざまなことにはならなかったろう」とその死を嘆いた人物は？

①典韋　**②賈詡**　**③荀彧**　**④郭嘉**

答え

A.012

③苦肉の策

あえて周瑜から酷い刑罰を受けることで、曹操に魏への投降を信じさせた。これにより、黄蓋は魏の船団に火を放つことに成功した。

A.013

①机

決戦か降伏かを決める軍議の場で、剣を抜き机の角を切り落とし「今後降伏を口にした者はこの机と同様にする」と宣言した。

A.014

①蔡瑁

蔡瑁は荊州を曹操に明け渡して出世を計った。しかし曹操が呉を攻めた際に周瑜の策により内通を疑われ、曹操に首をはねられた。

A.015

④郭嘉

赤壁の戦いに敗れ命からがら落ち延びた曹操は、「郭嘉が生きていればこんなぶざまな負け戦にはならなかった」と天を仰ぎながら涙を流した。

問題　名シーン4　趙雲・阿斗を救う

★★　Q.016

長坂坡の戦いで行方知れずとなった阿斗を、趙雲が100万の曹操軍の中から見事救い出したとき、劉備は阿斗をどうした？

①食事を与えた

②斬り殺した

③抱きかかえ喜んだ

④地面に投げつけた

この時の劉備の振る舞いを見て、趙雲は「肝脳地にまみるとも、このご恩は報じ難し」と言って涙を流した。

答え

A.016

正解

④地面に投げつけた

解説

劉備は阿斗を地面に投げ「お前のせいで有能な大将を失うところだった」と言い、趙雲を深く感激させた。

関連問題　一敗地にまみれた劉備。だが希望も残った

★　Q.017

長坂坡の戦いで、劉禅(阿斗)を助けるために井戸に身を投げた劉備の妻は？

①張皇后　②糜夫人　③甘夫人　④孫夫人

★　Q.018

長坂坡の戦いでひとり長坂橋に仁王立ちし、100万ともいわれる曹操軍を追い返したのは誰？

①関羽　②張飛　③趙雲　④馬超

★★　Q.019

長坂坡の戦いでは、張飛が取った行動から、曹操は伏兵がいないことを見抜いた。さて張飛の取った行動とは？

①単騎で敵を迎えた　②大声で敵を煽った　③橋を焼き落とした　④笑いながら逃げた

★★★　Q.020

曹操に宝剣「青釭」をあずけられていたが、長坂坡の戦いの際、趙雲に倒され奪われてしまったのは誰？

①夏侯恩　②曹仁　③張部　④張遼

答え

A.017

②糜夫人

曹操の襲撃を受け負傷した糜夫人は、助けにきた趙雲へ阿斗を託し、自身は足手まといにならないよう井戸に身を投げた。

A.018

②張飛

橋の上でひとりたたずむ張飛の殺気と、諸葛亮の計略を恐れた曹操軍の武将たちは誰も張飛に向かって行くことができず、そのまま尻尾を巻いて逃げ出した。

A.019

③橋を焼き落とした

張飛は時間稼ぎのため長坂橋を部下に焼き落とさせたが、「そのままのほうが曹操は警戒したはずだ」と劉備にしかられた。

A.020

①夏侯恩

曹操は自身が持つ2本の宝剣のうち「倚天」は自らが持ち、「青釭」は夏侯恩にあずけていた。夏侯恩は趙雲によって一撃で殺され「青釭」を奪われてしまう。

問題　名シーン５　官渡の戦い

★　Q.021

官渡の戦いの際、袁紹に兵力で劣る曹操は、烏巣を急襲することで大勝利を収めた。さて烏巣には何があった？

①食料庫

②兵舎

③火薬庫

④厩舎

三国志の時代の趨勢を大きく動かした戦いのひとつ、官渡の戦い。この決戦を制し、曹操は河北全域を支配する圧倒的な勢力になる。

答え

A.021

正解

①食料庫

解説

袁紹の配下許攸の裏切りによって、曹操は烏巣が食糧集積地であることを知り、焼き討ちをかけた。数的優位に立っていた袁紹軍だが、食糧不足となり戦いに敗れた。

関連問題　曹操が将としての器の違いを見せつけ、雄飛のきっかけとなった一大決戦

★　Q.022

官渡の戦いの前、袁紹に「勝ち目のない戦いだからやめるべき」と進言し、怒りを買って投獄されたのは誰？

①郭図　②許攸　③逢紀　④田豊

★★　Q.023

袁紹は４つの州を支配していたが、その４州とは青州、并州、幽州とどこ？

①涼州　②滑州　③徐州　④冀州

★★★　Q.024

袁紹から「英雄の相がある」と称えられた人物は誰？

①袁譚　②袁熙　③袁術　④袁尚

★★★★★　Q.025

袁紹を倒して冀州を手に入れた曹操は、冀州入りして最初にやったあることを崔琰にとがめられた。さて、何をした？

①宴会を開いた　②戸籍を調べた　③市街を巡回した　④墓参りをした

答え

A.022

④田豊

袁紹が曹操と対峙していた劉備から援軍要請を受けた際、田豊は「この機に攻めろ」と進言するが、袁紹は攻めなかった。勝機が去ったと感じた田豊は、その後曹操を攻めようとする袁紹を諫めるが、怒りを買った。

A.023

④冀州

袁紹は冀州を中心に青州、并州、幽州の4州を支配し、強大な勢力を誇っていた。

A.024

④袁尚

袁紹は、長男の袁譚を「強情で殺伐」、次男の袁熙を「柔弱」、三男の袁尚を「英雄の相がある」と評した。

A.025

②戸籍を調べた

曹操は崔琰に「冀州の戸籍を調べたら30万人も民がいる。大きな州だな」と語りかけると、「戦争で苦しい生活をしている民衆の窮状を調べるのが先だ」ととがめられ、恥じ入った。

問題　名シーン６　王累の諫言

★★　Q.026

劉備を蜀に迎え入れようとした劉璋を諫めるために、王累が行ったことは何？

①腹を切った

②自分の息子を斬った

③逆さ吊りになった

④劉備に斬りかかった

益州太守の劉璋は、同族の親近感から劉備を信頼し、反対する諸将も多い中、蜀に迎え入れようとする。一方の劉備は、諸葛亮から授けられた天下三分の計を実行するため、心を鬼にして蜀を奪い取る覚悟を固めていた……。

答え

A.026

正解

③逆さ吊りになった

解説

城門に自ら逆さ吊りになって劉璋を止めようとした。しかし劉璋は聞き入れず、失意の王累はそのまま自ら縄を切って墜落死した。

関連問題　劉璋の下には、忠臣が数多く揃っていた

★　Q.027

劉備の人徳に感じ入り、益州を彼に献上しようと企てたが、策が漏れ、殺されたのは誰？

①法正　②張松　③費禕　④蒋琬

★★　Q.028

蜀へ攻め入ることに抵抗を示していた劉備を、殷の湯王、周の武王を例に説得した人物は誰？

①諸葛亮　②張松　③法正　④龐統

★★　Q.029

劉備は誰に対抗するという名目で蜀に招かれた？

①漢中の張魯　②魏の曹操　③南蛮の孟獲　④呉の孫権

★★★★　Q.030

劉備の蜀侵攻の際、多くの武将が劉備に降ったが、頑として従おうとせず首をはねられたのは？

①張任　②厳顔　③呉蘭　④雷銅

答え

A.027

②張松

張松は当初曹操に益州を取らせようと考えたが、曹操が横暴だったため、劉備に益州の地図を渡し蜀に入るよう策を立てた。しかし密書を落としたことが原因で策は漏れ、張松は殺された。

A.028

④龐統

劉備は蜀の劉璋が自身と同姓だったことから、蜀への侵攻に気が進まないでいた。しかし龐統に過去の英雄を例に説得され、蜀を奪うことを決めた。

A.029

①漢中の張魯

劉備は漢中の張魯から蜀を守るという名目で蜀に招かれた。しかし劉備は蜀を我がものとしてしまう。

A.030

①張任

劉備は忠義を尽くして死を選んだ張任を想い、首をはねたあと手厚く葬った。

問題　名シーン７　七歩の才

★　Q.031

曹丕が曹植に「兄弟を題に詩を作れ、ただし兄弟という言葉は使うな」と命じた際、曹植は兄弟を何に例えた詩を作った？

①２頭の牛

②豆と豆がら

③２頭の馬

④竹と竹の子

曹操の世継ぎ争いに勝った曹丕は、世継ぎ争いのライバル曹植に、七歩歩くうちに詩を詠むようにと命じた。無理難題を突きつけて曹植を処刑しようとたくらんだのである。

答え

A.031

正解

②豆と豆がら

解説

曹植は即座に詩を作った。

豆を煮るに豆がらを燃やす
豆は釜中にあって泣く
元これ同根より生ずるを
相煎ること何ぞはなはだ急なる

曹丕は深く感じ入り、自らの浅はかさを恥じた。
曹植はその詩才をもって自らの命を救った。

関連問題

その文才を父から受け継いだ曹植。戦争や政治だけが三国志ではない

★　Q.032

曹丕と曹植が、曹操に鄴郡の城門を出るよう命じられた際、門番に止められた曹丕は引き返したが、曹植はどうした？

①裏口から出た
②引き返した
③門番を斬った
④夜まで待った

★　Q.033

病弱なため曹操の葬儀に参列しなかったが、それを咎められると思い自殺してしまったのは？

①曹植
②曹彰
③曹芳
④曹熊

★★　Q.034

曹操、曹植らの活躍で流行した文学を何という？

①建安文学
②竹林文学
③清流文学
④黄龍文学

★★★★★　Q.035

曹丕が曹植に「7歩歩く間に詩を作れ」と命じた際、詩のお題として見せた絵に描かれていたのは何？

①煮える豆
②2頭の牛
③曹操の肖像
④2羽の鶏

答え

A.032

③門番を斬った

曹操の命令を守るために、曹植は門番を斬った。これを聞いた曹操は曹植を高く評価したが、それが楊修の入れ知恵だと知り反対に遠ざけるようになった。

A.033

④曹熊

曹熊は曹操の四男。病気のために曹操の葬儀に参列できなかった。曹丕から問責の使者を送られると、罪に問われることを恐れて自殺した。

A.034

①建安文学

曹操の「短行歌」など、それまでにはない形式の詩を生み出した文学の流行を、その当時の元号を取り「建安文学」と呼んだ。

A.035

②2頭の牛

曹丕は曹植に2頭の牛が争い、1頭が井戸に落ちて死んでいる絵を見せ、この絵を題に7歩歩く間に詩を作れと命じた。

問題　名シーン８　関羽の最期

★★★　Q.036

関羽の首を見た曹操が、思わずしてしまったこととは？

①唾を吐いた

②小便を漏らした

③血を吐いた

④話しかけた

呉の呂蒙によって関羽は捕らえられ首をはねられる。
呉は、劉備の怒りの矛先を変えようとその首を曹操に送りつけた。
それを見た曹操は……。

答え

A.036

正解

④話しかけた

解説

関羽の首はまるで生きているかのようであったため、曹操は「お変わりありませんか」と話しかけた。すると関羽の目がきっと見開かれたように感じ、曹操は震え上がった。これをきっかけに、曹操は頭痛に悩まされるようになる。

関連問題　壮絶な最期を遂げた関羽。物語のターニングポイントのひとつだ

Q.037 ★

荊州を奪い返した祝賀の席で、関羽の呪いにより孫権を罵倒したあと体中から血を流して死んだ人物は誰？

①陸遜
②諸葛瑾
③歩騭
④呂蒙

Q.038 ★★

関羽が呂蒙に攻められ取り囲まれた際、囲みを突破して劉封のもとへ救援を頼みに向かったのは誰？

①廖化
②孟達
③関平
④周倉

Q.039 ★★★★

劉備が関羽の仇討ちのため呉討伐の兵を挙げた際、「国賊は孫権ではなく曹丕なので魏を攻めるべき」と劉備を諌めたのは？

①黄忠
②馬超
③趙雲
④張飛

Q.040 ★

関興や張苞の腕前を見て、劉備は「虎の子に○○は産まれない」と言って喜んだ。さて何は産まれないと言った？

①虎
②猫
③犬
④ネズミ

答え

A.037 ④呂蒙

孫権は荊州攻略の功労者である呂蒙に直接酒をつぎねぎらったが、突然呂蒙に関羽の霊が乗り移り、孫権を罵倒した。その直後呂蒙は体中から血を流し死んだ。

A.038 ①廖化

劉封と孟達が守る上庸へ行くが、劉封らは兵を出すことを拒んだ。そのため廖化は劉備のもとへと走るが、たどり着いたときには関羽は処刑された後だった。

A.039 ③趙雲

趙雲はさらに「呉を討つのは私的なこと」と続けたが、劉備は「兄弟の仇を討てないのなら天下を取っても嬉しくはない」と聞き入れなかった。

A.040 ③犬

呉の武将夏恂、周平を張苞と関興がそれぞれ一撃で葬ったの見て、「虎から犬は産まれない」と感嘆した。

問題

名シーン９　死せる孔明、生ける仲達を走らす

★★　Q.041

諸葛亮が延命の儀式を行った際、最終日にロウソクを消し儀式を失敗させてしまったのは誰？

①魏延

②馬岱

③姜維

④王平

先帝劉備の遺言を受けて、悲壮な覚悟で5度にわたる北伐を行った諸葛亮だが、陣中病に倒れる。秘術の延命の儀式で自らの運命に抗おうとする諸葛亮だったが……。

答え

A.041

正解

①魏延

解説

自身の死期が近いことを察した諸葛亮は、7日間ロウソクの炎が消えなければ寿命が12年延びるという延命の儀式を行った。しかし魏軍の襲来を報告に来た魏延が誤って炎を消してしまった。諸葛亮は天を仰ぎ、自らの天命が尽きたことを悟る。

関連問題　五丈原で陣没する諸葛亮。その叡智は死の後にまで及んだ

★★　Q.042

第5次北伐の際、陣に籠って出てこない司馬懿を挑発するために、諸葛亮が贈ったものは何？

①白装束　②乳母車　③子供の服　④婦人用の服

★　Q.043

死期を悟った諸葛亮が、自身の書き留めた24編に渡る書物を託した人物は誰？

①姜維　②費禕　③蒋琬　④楊儀

★　Q.044

「死せる孔明、生ける仲達を走らす」ということわざは、司馬懿が何を孔明と思いこんだことに由来する？

①肖像画　②木像　③鏡　④石像

★★★　Q.045

諸葛亮から魏延が謀反した際の対処法が書かれた錦の袋を授けられたのは誰？

①楊儀　②姜維　③法正　④蒋琬

答え

A.042

④婦人用の服

陣に籠って出てこない司馬懿に女の着物（喪服）を贈り「男だったら戦え」と挑発したが、司馬懿は決して打って出なかった。

A.043

①姜維

諸葛亮は「大将のなかに書物を譲るべき人物はいない。伝えることができるのはそなただけじゃ」と言って、姜維に24編に渡る書物を託した。

A.044

②木像

蜀軍は諸葛亮が陣没した後、諸葛亮に似せた木像を四輪車に乗せ退却した。司馬懿は、その木像を見て諸葛亮が生きていると思いこみ、逃げ出した。

A.045

①楊儀

諸葛亮は死の間際に楊儀を呼び、魏延が謀反したときに開くようにと策をしたためた袋を授けた。楊儀は魏延が謀反した際、策に従って魏延の誅殺に成功した。

問題　名シーン10　三国志の終焉

★　Q.046

晋が呉を攻めた際、江陵、武昌を落とした後、司令官の杜預が軍議で発した言葉に由来する故事成語は何？

①四面楚歌

②騎虎の勢い

③背水の陣

④破竹の勢い

時は流れ、１００年近くにわたる三国志の物語も終焉を迎える。魏をクーデターで乗っ取った司馬懿の流れを汲む晋によって天下は統一される。

答え

A.046

正解

④破竹の勢い

解説

いったんの戦果を上げた晋軍。疫病が流行する季節ということもあり、軍議では慎重論が唱えられていた。しかし杜預は「今は竹に刀が入った状態だ。あとは少し力を入れるだけで容易に割れるだろう」と言って進軍し、ついに呉を滅亡させた。

関連問題　物語の最終盤にも綺羅星のごとく魅力的な人物が登場する

★★★　Q.047

曹爽の策略で政権から遠ざけられた司馬懿は、曹爽があることをしている間に反乱を起こす。さて曹爽は何をしていた？

①狩り　②酒盛り　③釣り　④居眠り

★★★　Q.048

呉の皇帝孫皓に、晋との内通を疑われ左遷されたのは誰？

①張悌　②濮陽興　③陸抗　④孫峻

★★★　Q.049

晋の将軍羊祜が病死した際に、彼が治めていた襄陽の住民が作った石碑を何という？

①堕涙の碑　②驚喜の碑　③嘆きの碑　④感嘆の碑

★★★★★　Q.050

呉最後の皇帝である孫皓が行った暴政にあてはまらないのはどれ？

①年号を次々変更　②臣下に酒を強要　③臣下の顔の皮を剥ぐ　④会稽に遷都

答え

A.047

① 狩り

司馬懿の反乱は成功し、曹爽は捕らえられ処刑された。そして司馬一族は魏王の曹芳によって、国事のすべてを任された。

A.048

③ 陸抗

陸抗と羊祜は、荊州の襄陽付近で対峙するうちに互いの実力を認め合う。孫皓が晋を攻めるよう促すと、攻略の難しさを説明したが、内通を疑われ左遷された。

A.049

① 堕涙の碑

羊祜は善政を行い、呉の捕虜に対しても帰国を許すなどした。彼の死を悲しんだ領民は廟を立て、そこにある碑文を読むと皆涙を流した。

A.050

④ 会稽に遷都

会稽ではなく武昌に遷都した。孫皓は即位前は知勇兼備の人物と見られていたが、即位後は日増しに暴政を繰り返すようになり、呉滅亡の原因となった。

問題　武将と愛用の武器を組み合わせよ

★　Q.051

関羽・	張飛・	呂布・	王双・
・蛇矛	・青龍偃月刀	・流星鎚	・方天画戟

答え

A.051

関羽　張飛　呂布　王双

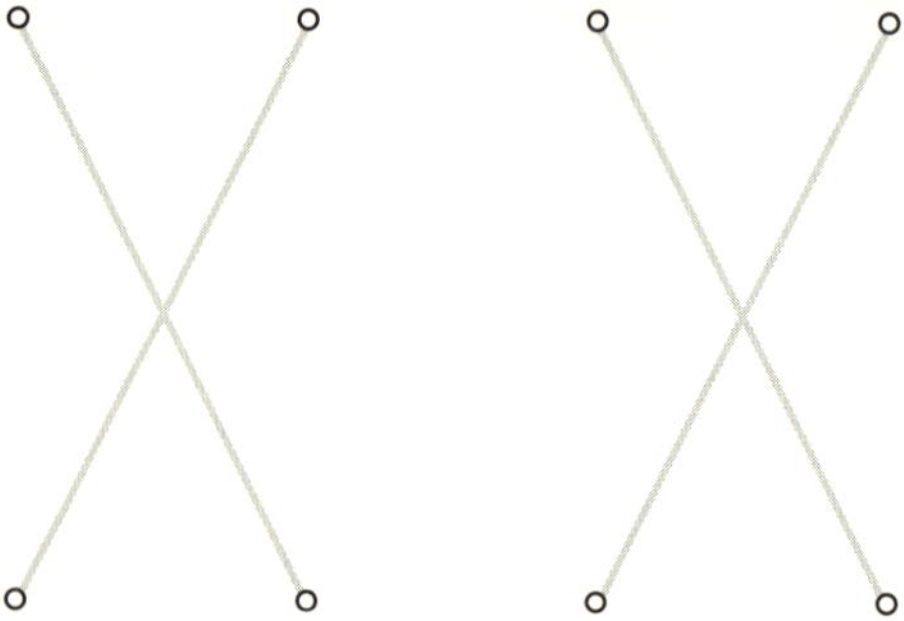

蛇矛　青龍偃月刀　流星鎚　方天画戟

王双は流星鎚を操って蜀軍を苦しめたが、最後は魏延に殺された。また、関羽は青龍偃月刀、張飛は蛇矛、呂布は方天画戟の使い手。

問題　地図上の数字の中で正しい位置は？

★　Q.052

張飛が100万の曹操軍を大喝して追い返した場所はどこ？

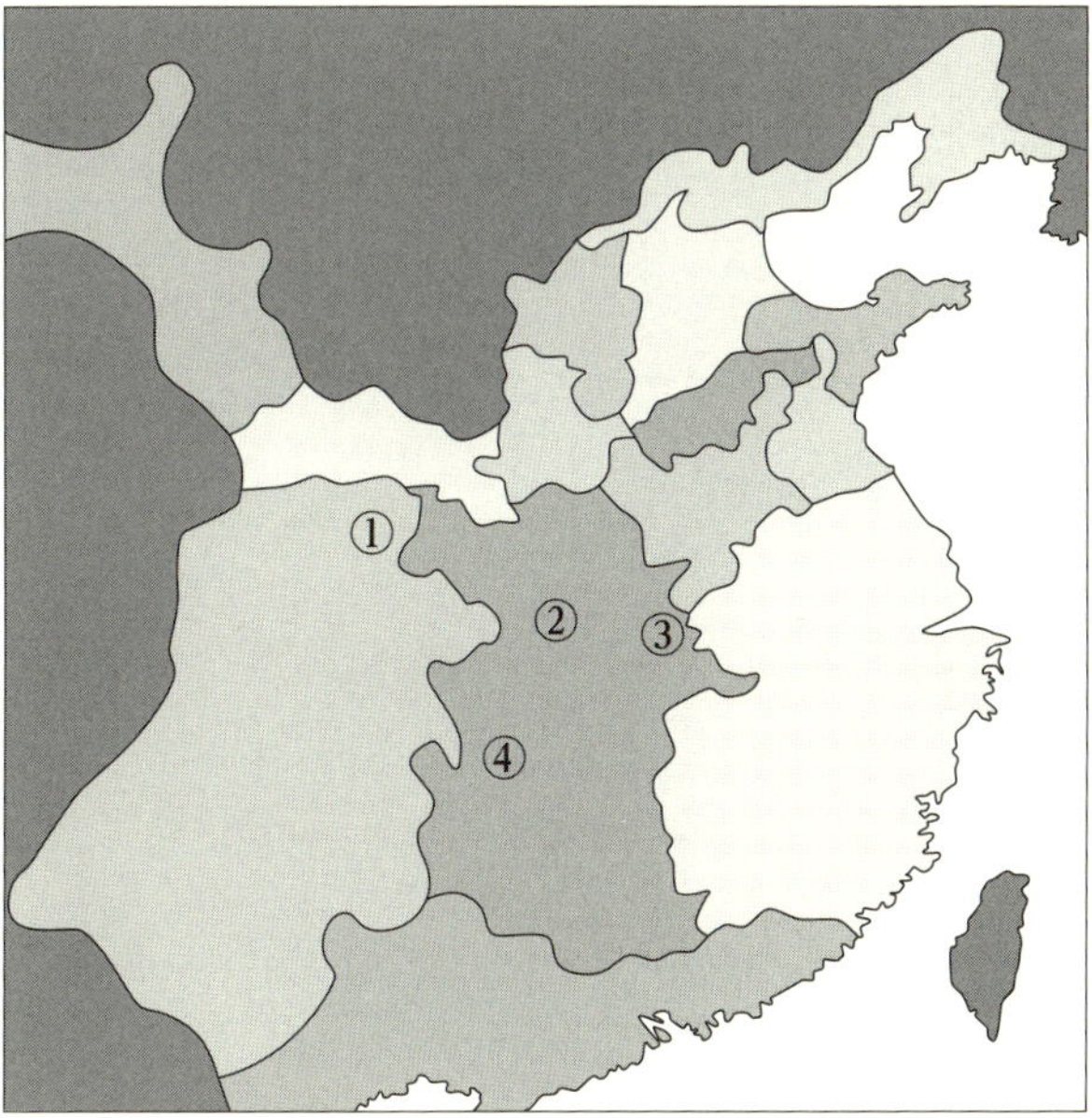

答え

A.052

②長坂坡

張飛は長坂橋で仁王立ちすると、迫りくる曹操軍を気迫で退けた。

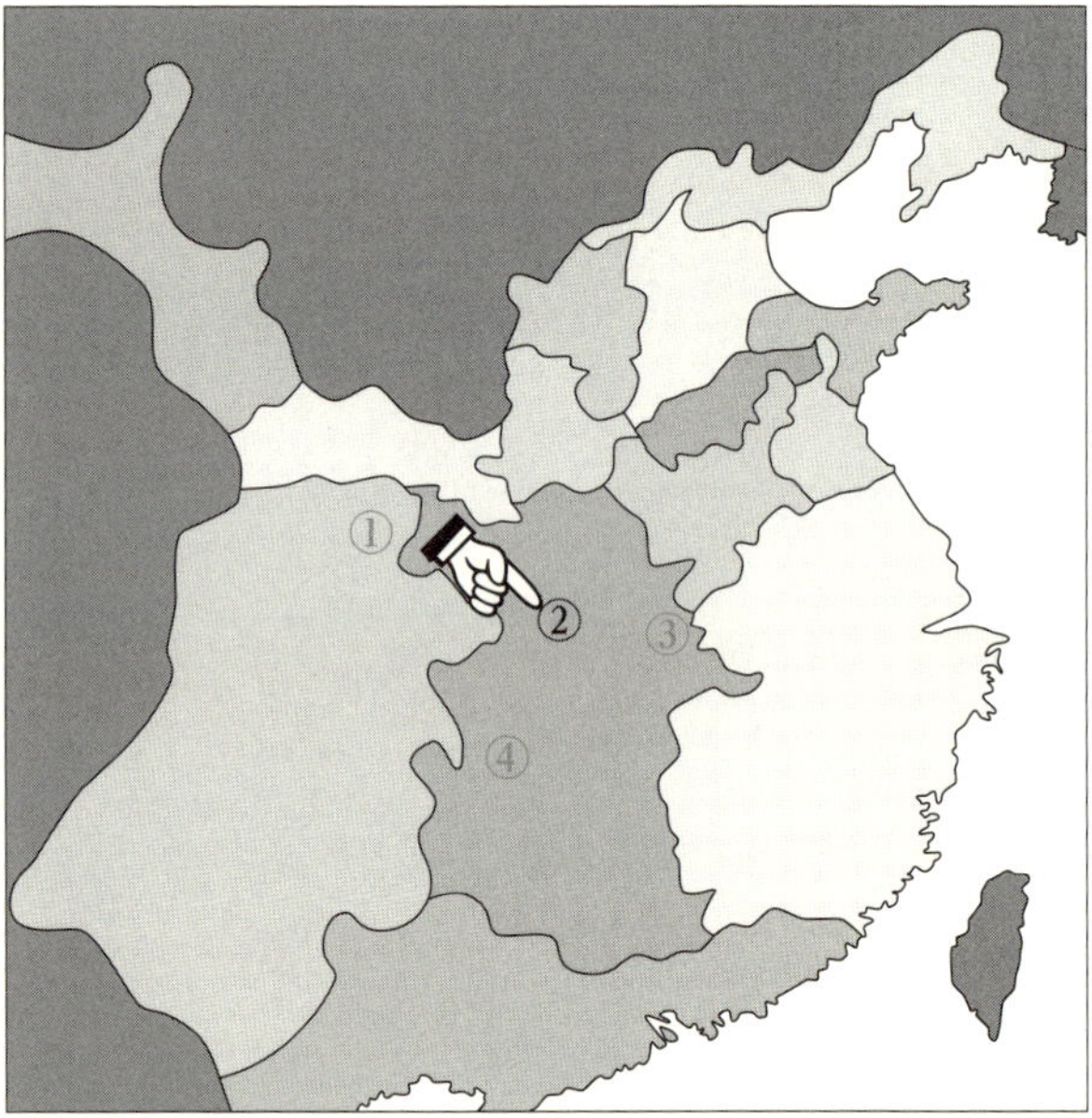

第2章

三国志仰天エピソード10

本章では、現代日本の観点から
衝撃度の高いエピソードを順に紹介した。

驚くべき残虐さや倫理観、
超人的な怪力や知謀など、
三国志の世界の登場人物たちの生き様が
たっぷりと詰まった問題だ。

問題　エピソード１　曹操、恩人を斬る

★　Q.053

董卓暗殺に失敗した曹操が陳宮とともに落ち延びる際、宿を貸した呂伯奢とその家族に対して曹操が行ったことは何？

①家に火をつけた

②皆殺しにした

③罪をなすりつけた

④褒美を与えた

呂伯奢は曹操の父の義兄弟で、曹操が子どもの時から叔父と慕っていた人物。曹操が手配中であることを知りつつも、呂伯奢は宿を貸し、食事を振る舞い曹操を匿った。

答え

A.053

正解

②皆殺しにした

解説

曹操は呂伯奢の家人たちが豚を殺そうとしているのを、自分を殺そうとしていると勘違いし、家人を皆殺しにしてしまう。勘違いに気づいた曹操は家を逃げ出すが、たまたま外出していた呂伯奢に出くわすと、彼をも殺してしまう。

非難する陳宮に対し、「我が天下に背こうとも、天下が我に背くことは許さぬ」と言い放った。大志のためには手段を選ばぬ曹操を象徴するエピソード。

関連問題　怜悧な知性に裏打ちされた残虐性を示した曹操のエピソードは数多い

★★　Q.054

曹操が呟いた「鶏肋」の真意を見抜いたため、打ち首にされてしまったのは誰？

①荀攸　②荀彧　③程昱　④楊修

★★★★　Q.055

曹操が袁術の寿春城を攻めた際、食糧不足に悩んだ曹操は食糧係に何を使えといった？

①小さい升　②犬の肉　③小さい食器　④馬の肉

★　Q.056

曹操は張繡を攻めた際、喉の渇きに苦しんだ兵士に向かって「この先に○○があるぞ」と言った。さて何があると言った？

①街　②食堂　③海　④梅林

★★★★　Q.057

董卓暗殺に失敗し逃亡中の曹操が関所を通る際、自身を何と偽って関所を突破しようとした？

①使者　②農民　③医者　④商人

答え

A.054

④楊修

曹操はかねてから楊修の知謀を疎んでおり、きっかけがあれば殺そうと考えていた。そのため「鶏肋」の真意を見抜かれた際、言いがかりをつけて打ち首とした。

A.055

①小さい升

曹操は小さい升を使わせ食糧を節約しようとするが、兵士が不満を抱いたのを見ると食糧係を斬り殺し、兵士たちの不満を収めた。

A.056

④梅林

水が手に入らず喉の渇きに兵士が苦しんでいるのを見た曹操が「この先に梅林があるぞ」と言うと、兵士は梅の味を想像し唾が湧いたため、渇きがいえた。

A.057

④商人

曹操は「皇甫という商人です」と偽るも、県令の陳宮に見破られ捕らわれる。しかし、曹操はその陳宮によって逃がされ、その後しばらく行動を共にする。

問題　エピソード２　千里を走る名馬、赤兎馬

★★　Q.058

関羽が殺された後、呉将の馬忠に下げ渡された赤兎馬はどうなった？

① 逃げ出した

② 崖から落ちた

③ 餌を食べなくなった

④ 馬忠を殺した

呂布・関羽という英傑の乗馬として大活躍する三国志最大の名馬、赤兎馬。乗り手の器を選ぶこの馬は、曹操でさえも乗りこなせなかった。

答え

A.058

正解

③餌を食べなくなった

解説

関羽に縄をかける手柄を上げた馬忠に与えられた赤兎馬は、それ以降一切馬草を食べなくなり、ほどなく衰弱死した。稀代の名馬らしく、主人に忠を尽くしたのである。

関連問題　人間以上に個性を発揮した稀代の名馬だ

★★★★　Q.059

呂布が下邳城に籠城していた際、呂布から理不尽な罰を与えられたことを恨み、赤兎馬を盗み出し曹操へ投降したのは誰？

①張遼　②高順　③宋憲　④侯成

★★★★　Q.060

丁原の養子だった呂布に赤兎馬を贈り、味方になるよう説得しに行ったのは誰？

①李粛　②陳宮　③李儒　④陳珪

★★★★★　Q.061

曹操が関羽の気を引くために贈った物のなかに含まれないのはどれ？

①赤兎馬　②鎧　③美女　④髯を包む袋

★★★★★　Q.062

南蛮の王孟獲とその妻である祝融が乗っていたとされる馬は何？

①白馬　②赤兎馬　③鹿毛の馬　④的盧

答え

A.059

④侯成

下邳城に籠城していた際、馬泥棒を捕まえた侯成は、その祝いとして豚料理と酒を呂布に献じたところ、禁酒令を破ったとして棒打ちにされた。

A.060

①李粛

李粛は董卓が呂布を味方にするよう命令された際、赤兎馬を贈ることを提案し、実際に呂布を説得し味方につけた。

A.061

②鎧

関羽は贈り物を全て劉備の夫人らに献上し、自身は全く受け取らなかった。赤兎馬を贈られると、「劉備のもとへ駆けつけられる」と喜び曹操を落胆させた。

A.062

②赤兎馬

孟獲、祝融は巻き毛の赤兎馬に乗っていた。これは呂布や関羽が乗っていた赤兎馬とは別の馬とされている。

問題　エピソード３　劉安の歓待

★★★★　Q.063

呂布に敗れ、小沛から落ちのびる劉備に、劉安が振る舞ったのは何の肉？

①犬

②狼

③猫

④人

現代日本の価値観からすると首をひねりたくなるようなエピソードだが、三国志演義では感動物語として描かれている。

答え

A.063

正解

④人

解説

劉安は劉備に提供する食べ物が無かったことから、自分の妻を殺し、狼の肉だと偽って劉備に振る舞った。劉備は真相に気付き悲嘆した。後にその話を聞いた曹操は、劉安を讃えて大金を与えたという。

関連問題　劉備はその仁を最大の武器として、乱世に足跡を築く

★★　Q.064

劉備が幼少のころ師事していた有名な儒学者は？

①孔子　②盧植　③韋昭　④杜預

★★　Q.065

劉備を恐れる曹操は、劉備のことを常々何に例えていた？

①虎　②狼　③竜　④蛇

★★　Q.066

劉備の息子劉封に斬首を命じたのは誰？

①曹操　②劉備　③諸葛亮　④孫権

★★★★　Q.067

劉備は諸葛亮に「君の才は〇〇の10倍はあるから、息子たちを助け国を治めて欲しい」と頼んだ。さて誰の才と比較した？

①曹丕　②周瑜　③曹操　④司馬懿

答え

A.064
②盧植

幼少のころ盧植に教えを受けたことから、義兵を挙げたあと、盧植を助けるべく広宗へと赴いた。

A.065
③竜

劉備が曹操に身を寄せているとき「竜と比べるべき天下の英雄は、私と君だけだ」と劉備を警戒し、劉備が荊州を得たと聞き「竜が大海に泳ぎだした」と動揺した。

A.066
②劉備

劉封は関羽に援軍を出さなかった罪および、魏に降った孟達と戦い敗れた罪に問われ、父の劉備によって打ち首を言い渡された。

A.067
①曹丕

死期が近いのを悟った劉備は、諸葛亮を呼び寄せ劉禅の補佐を頼んだ。そして劉禅に君主の器がない場合は、諸葛亮自らが皇帝となることを望んだ。

問題　エピソード４　徐庶の孝行

★★　Q.068

偽手紙によって徐庶が曹操のもとへやってくると、それを知った徐庶の母は何をした？

①気絶

②自殺

③失踪

④無視

徐庶を得た劉備を危険視した曹操。
程昱の策を容れて徐庶の母に筆跡を似せた手紙をしたためる。
母親思いの徐庶は、罠と知りつつ曹操に下った。

答え

A.068

正解

②自殺

解説

徐庶が劉備のもとを離れたことを知った徐庶の母は、徐庶を叱ったあとに自殺してしまった。以降、徐庶は曹操のもとにとどまるものの、曹操のためには献策をしなかった。

関連問題　諸葛亮にも匹敵しうる知謀を持つ徐庶。その才を発揮する場はあまりに少ない

★　Q.069

偽の手紙によって魏へ赴く徐庶が、別れ際に劉備へ推薦した人物とは？

①龐統　②司馬徽　③馬謖　④諸葛亮

★★★　Q.070

劉表のはからいで新野を拠点としていた劉備を攻めた曹仁は、何という陣を敷いた？

①八卦の陣　②石兵八陣　③八門金鎖の陣　④混元一気陣

★★　Q.071

劉備が劉表のもとへ身を寄せていたころ、軍師として採用された徐庶は何と名乗っていた？

①単福　②崔州平　③管仲　④石広元

★★★　Q.072

赤壁の戦いに参加していた徐庶は、呉軍の火攻めに気づいて、何をした？

①蔡瑁に伝えた　②周瑜を脅した　③戦から離脱した　④風を止めた

答え

A.069

④諸葛亮

諸葛亮を推薦した徐庶は、魏に向かう前に諸葛亮の草庵を訪れ、劉備に力を貸すよう頼んだ。しかし諸葛亮は「私をあなたの身代わりにする気か」と怒った。

A.070

③八門金鎖の陣

曹仁は「八門金鎖の陣」を敷いたが、劉備の軍師となった徐庶に見破られ、趙雲に蹴散らされた。

A.071

①単福

徐庶は仲間の仇討ちで人を殺し役人に追われていたため、単福と名を変えて過ごしていた。

A.072

③戦から離脱した

「連環の計」を見破った徐庶は、呉に帰ろうとする龐統を呼び止め、難を逃れるための策を聞いた。龐統は「西涼の馬騰、韓遂の反乱を抑えに行くと言え」と伝えた。

問題　エピソード5　夏侯惇の気骨

★　Q.073

呂布との戦いの際、左目を射られてしまった夏侯惇。その後どうした？

①自殺した

②右目も潰した

③目を投げつけた

④目を食った

曹操の従兄弟にあたり、曹操挙兵の時から行動をともにした隻眼の猛将夏侯惇。気骨にあふれる人物として描かれている。

答え

A.073

正解

④目を食った

解説

左目を射られた夏侯惇は、「父母から貰った体を捨てるわけにはいかない」と言って、左目を食った。その直後、矢を射掛けた曹性を見つけるや、次の矢をつがえる間もなく討ち取った。

関連問題　曹操麾下の宿将夏侯惇。曹操に忠義を尽くした硬骨の士だ

★★★　Q.074

博望坡の戦いで劉備軍に惨敗した夏侯惇。曹操に謁見する際に何をした？

①自ら目を潰した
②自ら縄で縛った
③頭を丸めた
④自殺した

★★　Q.075

博望坡の戦いで夏侯惇を破った諸葛亮は、次は誰が報復に攻めてくると予測した？

①曹仁
②張遼
③曹操
④夏侯淵

★★　Q.076

次のうち、夏侯惇の養子となった人物は誰？

①夏侯楙
②夏侯覇
③夏侯威
④夏侯恵

★★★★　Q.077

略奪を働いた夏侯惇の兵を斬ったことから、生き残った兵らに逆恨みされ謀反を起こしたと曹操に報告された人物は誰？

①于禁
②張部
③夏侯淵
④曹仁

答え

A.074

②自ら縄で縛った

夏侯惇は自らの体を縛り、曹操に死を賜るよう頼んだ。その態度を見た曹操は夏侯惇を許し、座を与えて敗因を問うた。

A.075

③曹操

諸葛亮は「夏侯惇が敗れたからには、今度は曹操自らが大軍を率いて攻めてくるでしょう」と予言した。

A.076

①夏侯楙

いずれも夏侯淵の子だが、夏侯楙は夏侯惇の養子となった。夏侯楙は父に似ず暗愚で、諸葛亮にいいようにあしらわれる。

A.077

①于禁

于禁は兵を斬り略奪を鎮めたが、生き残った兵によって流言を流されてしまう。しかし誤解が解け、感心した曹操によって益寿亭侯に封じられた。

問題　エピソード６　曹操を脅かした檄文

★★★　Q.078

官渡の戦いの前、袁紹が曹操討伐の檄文を書かせた人物は誰？

①賈詡

②陳琳

③田豊

④郭図

この檄文があまりに見事だったため、曹操は「この文の曹操という人物にはわし自身も怒りを覚える」と評した。

答え

A.078

正解

②陳琳

解説

後に曹操の前に陳琳が引き立てられた際、曹操は「なぜわしの父や祖父まで辱めたのか？」と尋ねた。陳琳は「引き絞った矢は放たないわけにはいきません」と答えた。曹操はその答えを喜び、陳琳は許されて以降は曹操に仕えた。

関連問題　三国志には、文才やトンチにまつわるエピソードも数多い

★★★★　Q.079

曹操の「董卓打倒」の檄に応じて17地域から英雄が集結したが、次のうち17鎮の英雄に当てはまらないのは誰？

①馬騰
②孫堅
③孔融
④劉表

★★★★　Q.080

邯鄲淳が書いた曹娥の碑の裏側に書かれていた「黄絹幼婦、外孫韲臼」という文字。さて、この言葉の意味は？

①絶妙な文章
②撤退する
③天下を取る
④帝が死ぬ

★★★　Q.081

益州の張松が魏を訪れた際、曹操を怒らせ殺されそうになった彼の命乞いをしたのは誰？

①賈詡
②楊修
③郭嘉
④劉曄

★★★　Q.082

曹真の軍師として出陣するが、諸葛亮との舌戦に敗れ、憤死した人物は誰？

①陳琳
②鍾繇
③王朗
④辛毗

答え

A.079

④劉表

渤海の袁紹、南陽の袁術、長沙の孫堅、北平の公孫瓚ら、17の地域から将軍たちが集結した。彼らを「17鎮」と呼んだ。

A.080

①絶妙な文章

「黄絹＝色のついた糸＝絶」といった要領で導かれた答は「絶妙好辞」。曹操麾下の知恵者、楊修が解き明かした。

A.081

②楊修

張松は面会で2度曹操を怒らせた。張松は死罪となるところ、楊修の諫めで棒打ちの刑となった。

A.082

③王朗

王朗は自ら「諸葛亮を言い負かし降参させてみましょう」と名乗り出るが、逆に諸葛亮に言い負かされ、短く唸って憤死した。

問題　エピソード7　典韋の最期

★　Q.083

曹操の親衛隊として怪力を発揮した典韋。どのようにして死んだ？

①毒を盛られた

②全身に矢を受けた

③頭を割られた

④落とし穴に落ちた

賈詡の策謀により張繡の夜襲を受けた曹操。典韋は酒を飲まされ武器も奪われ、主君の曹操をなんとか逃がすものの、自身は力尽きる。

答え

A.083

正解

②全身に矢を受けた

解説

全身に矢を射掛けられたが、そのまま仁王立ちして息絶えた。曹操は実子の曹昂をこの戦で失ったが、典韋の死をより悼んだ。

関連問題　八十斤の双戟を振り回す怪力自慢。曹操に人一倍愛された

★　Q.084

曹操が典韋の豪腕ぶりを讃えて「いにしえの何の再来」と称した？

①項羽　②呂布　③樊噲　④悪来

★★★　Q.085

曹操が寵愛し密会していたことから、賈詡の策略にかかり典韋を失うきっかけとなった女性は誰？

①劉氏　②郭貴妃　③貂蝉　④鄒氏

★★★★　Q.086

曹操が籠城する張繍を攻めた際、軍師の賈詡が使用し曹操軍を破った計略は？

①虚誘掩殺の計　②偽撃転殺の計　③連環の計　④駆虎呑狼の計

★★★　Q.087

いったん曹操に降伏した張繍が宛城で反旗を翻した際、曹操の護衛についていた典韋から鉄戟を盗んだ張繍軍の部将は誰？

①皇甫嵩　②淳于瓊　③胡車児　④董荼那

答え

A.084

④悪来

夏侯惇によって曹操に紹介された典韋はその場で腕前を披露し、豪腕で知られる殷の時代の武将悪来の再来だと曹操を驚かせた。

A.085

④鄒氏

曹操は張繍の降伏を受け入れた際、張繍の叔父張済の妻鄒氏を気に入り夜伽をさせた。しかしその最中に攻め入られ典韋らを失い、自身も怪我を負った。

A.086

①虚誘掩殺の計

曹操は西門を攻めた後に東南の門を攻める「偽撃転殺の計」を仕掛けたが、それを見抜いた賈詡は策を利用した「虚誘掩殺の計」で曹操軍を破った。

A.087

③胡車児

胡車児は張繍の部将で、５００斤の重荷を背負って１日に７００里を歩くという豪傑。曹操の護衛典韋から武器の鉄戟を盗み、曹操軍に夜襲をかけた。

問題　エピソード８　七度捕らえて七度放つ

★　Q.088

諸葛亮が南方征伐に出発する際、馬謖は「〇〇を攻めるは上策、城を攻めるは下策」と言った。何を攻めるのが上策と言った？

①王

②心

③将

④民

名家の若武者馬謖。諸葛亮はその才気を愛し、劉備の遺言も聞かずに幕僚として重用した。これは馬謖の面目躍如たるエピソードだ。

答え

A.088

正解

②心

解説

馬謖は「単に平定しても、いずれまた反乱を起こす。南蛮人の心を帰服させる必要がある」と言った。この策を容れた諸葛亮は、南蛮王孟獲との戦いの際、孟獲が心服するまで何度捕らえても解き放つことを繰り返した。

関連問題　常識外れの将が次々と登場する南蛮軍。諸葛亮と馬謖の知謀が光る

★　Q.089

南蛮王孟獲が諸葛亮に心から降伏したことを指す故事成語は何？

①水魚の交
②七縦七擒
③断金の交
④三顧の礼

★★★　Q.090

南蛮王孟獲の援軍として、藤甲軍を率いて諸葛亮と戦った烏戈国の王は誰？

①兀突骨
②木鹿大王
③忙牙長
④朶思大王

★★★　Q.091

南蛮の地図「平蛮指掌図」を諸葛亮に献上し、南蛮征伐の案内役を務めた人物は誰？

①姜維
②鄧芝
③法正
④呂凱

★★★★　Q.092

諸葛亮が南蛮に侵攻した際、唖泉の毒水を飲んで話せなくなってしまったのは誰？

①王平
②関索
③魏延
④趙雲

答え

A.089

②七縦七擒

諸葛亮に挑むたび敗れ、捕らえられるたびに解放された孟獲は、七度目に解放されたときに心から詫び、その後反抗することはなかった。

A.090

①兀突骨

烏戈国の王兀突骨は、生きた蛇や獣を食べ、体には鱗が生えていた。油をしみこませた藤のつるで編んだ鎧を着ているため弓も刃も通らない藤甲軍を率いた。

A.091

④呂凱

呂凱はかねてから南蛮に謀反の兆しがあると察しており、密かに南蛮を攻略するための地図を作っていた。

A.092

①王平

先鋒を命じられた王平軍は、毒泉と知らず唖泉の水を飲み口が利けなくなってしまう。しかしそのおかげで、諸葛亮らは対処法を得ることができた。

問題　エピソード9　董卓の暴虐

★　Q.093

董卓が王允の策により殺されたあと、その死体は道ばたにさらされたが、兵士が董卓の死体にしたことは何？

①目に火をつける

②爪に火をつける

③髭に火をつける

④ヘソに火をつける

黄巾賊討伐に乗じて政権を牛耳った董卓は暴虐非道の限りを尽くす。
王允の「連環の計」で、養子の呂布が董卓を殺害すると、
洛陽の民は皆喜んだ。

答え

A.093

正解

④ヘソに火をつける

解説

道ばたにさらされた董卓の死体を見た兵士が、灯心をヘソに刺し火をつけると、その火は腹の脂肪により燃え続けた。

関連問題　専横、虐殺、略奪の限りを尽くした董卓。悪名は高く天下に響き渡った

★　Q.094

権力を欲しいままにしている董卓を暗殺しようとして、王允から宝刀を借りるが失敗したのは誰？

①袁紹　②劉備　③曹操　④呂布

★★★★　Q.095

王允の「連環の計」により呂布と董卓が憎み合うようになると、「我々は女のせいで死ぬのか」と嘆いたのは誰？

①徐栄　②張遼　③李儒　④陳宮

★★★★　Q.096

王允の策で董卓が呂布に殺されたあと、その死体は晒された。皆董卓の死を祝ったが、唯一その死を嘆いた漢の高官は誰？

①蔡邕　②張済　③郭汜　④李傕

★★★★★　Q.097

董卓が洛陽から長安へ遷都した際、呂布が董卓から命じられてしたこととは何？

①住民の虐殺　②商人の倉を奪う　③住民を徴兵　④皇族の墓荒し

答え

A.094

③ 曹操

曹操は王允に宝刀を借り董卓暗殺へと向かった。しかし刀を振りかぶった姿が鏡に映ったため、曹操は「宝刀を献上しにきた」と嘘をつき逃げ出した。

A.095

③ 李儒

李儒は、董卓と呂布が貂蝉を奪い合った際、董卓に対し「女など譲ってしまえ」とたしなめた。結局董卓は呂布に殺され、李儒も斬首された。

A.096

① 蔡邕

人々は董卓の死体を殴ったり蹴ったりして恨みを晴らした。しかし生前の董卓に重用されていた蔡邕だけは涙を流し、これが王允の怒りを買い獄中で殺された。

A.097

④ 皇族の墓荒し

董卓は長安へ遷都する際、洛陽が使い物にならないように火をかけるなどの暴虐を働いた。呂布は董卓に命じられ、皇帝一族の墓を暴いて、金品を奪い取った。

問題　エピソード10　発明

★★　Q.098

諸葛亮が南蛮を平定した後、蜀へ帰還する際に行った儀式がきっかけで生まれたとされる食べ物は何？

①餃子

②ちまき

③饅頭

④おにぎり

南蛮平定後に、瀘水という川が氾濫していて渡ることができなくなってしまった。その土地の言い伝えで、川の氾濫を鎮めるために生首を供える儀式を行っていたが、諸葛亮はそれを止め、代わりにこの食べ物を作って供えさせた。

答え

A.098

正解

③饅頭

解説

川の氾濫を鎮めるために生首を供えるという儀式に遭遇した諸葛亮は、かわりに小麦粉をこねて頭の形にし、牛や羊の肉を詰めて供えさせた。当初は野蛮人の頭「蛮頭」と称していたが、後にこれが食用とされるようになり、「饅頭」になったという。

関連問題　三国志の世界には、現代にも生きる発明が数多く紹介されている

★★　Q.099

険しい蜀の山道でも食糧を運搬できるようにと、諸葛亮が考案したものは何？

①楼船　②雲梯　③井蘭　④木牛流馬

★★　Q.100

第４次北伐の際、黒衣の兵と３台の四輪車を使って諸葛亮が仕掛けた策を何という？

①縮地の法　②神兵の法　③八卦の法　④北斗の法

★★　Q.101

華佗が治療に使用したといわれる「麻肺湯」とは、現代でいえば何？

①風邪薬　②便秘薬　③麻酔薬　④避妊薬

★★★★★　Q.102

曹操に疑われ獄死した華佗が残した「青嚢書」は焼き捨てられてしまったが、焼け残ったページに書かれていた内容は何？

①麻酔のかけ方　②家畜の去勢方法　③外科手術の手順　④塗り薬の作り方

答え

A.099

④木牛流馬

木牛、流馬はそれぞれ木製の手押し車のようなもので、細い山道でも食糧などの重荷を運べるように工夫されていた。

A.100

①縮地の法

同じ形の四輪車を用意し、司馬懿の軍勢から近い四輪車を隠して遠くの四輪車を見せることで距離感を失わせた。司馬懿は兵を退いた。

A.101

③麻酔薬

華佗は麻肺湯（麻沸散とも）と呼ばれる麻酔薬を使い、外科手術を行った。

A.102

②家畜の去勢方法

獄中で獄卒の呉押獄に医術書「青嚢書」を与えたが、呉押獄の妻が焼き捨ててしまい、残ったのは鶏や豚の去勢方法が書かれた部分だけだった。

問題　年代順の並べ替え問題

★　Q.103

人物を劉備の配下となった順に並べよ

①趙雲

②黄忠

③関羽

④馬超

★　Q.104

人物を関羽に斬られた順に並べよ

①程遠志

②顔良

③文醜

④華雄

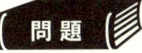

答え

A.103

関羽、趙雲、黄忠、馬超の順に、劉備の配下に加わった。趙雲と馬超は、劉備、劉禅と2代に渡って仕えている。

③関羽
①趙雲
②黄忠
④馬超

A.104

関羽が最初に斬ったのは、黄巾賊の将である程遠志。反董卓連合軍では華雄を斬り、曹操に味方をしたときは、顔良、文醜を相次いで破った。

①程遠志
④華雄
②顔良
③文醜

問題　地図上の数字の中で正しい位置は？

★★★　Q.105

何進から宦官誅殺の命を受けた董卓は、当時どこを治めていた？

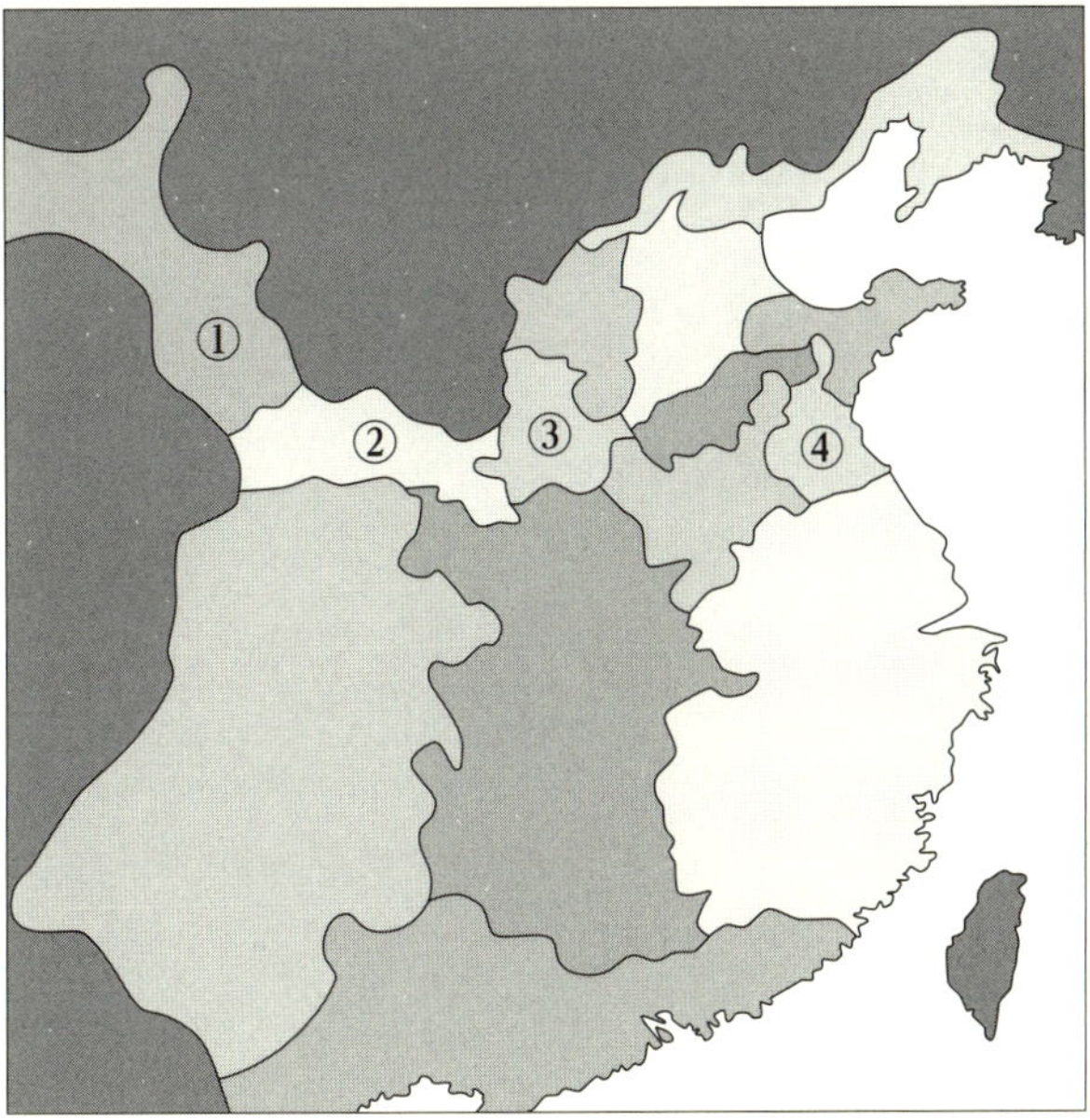

答え

A.105

①涼州

何進の呼びかけに応じた董卓は、20万の大軍を率いて、涼州から洛陽に向かった。

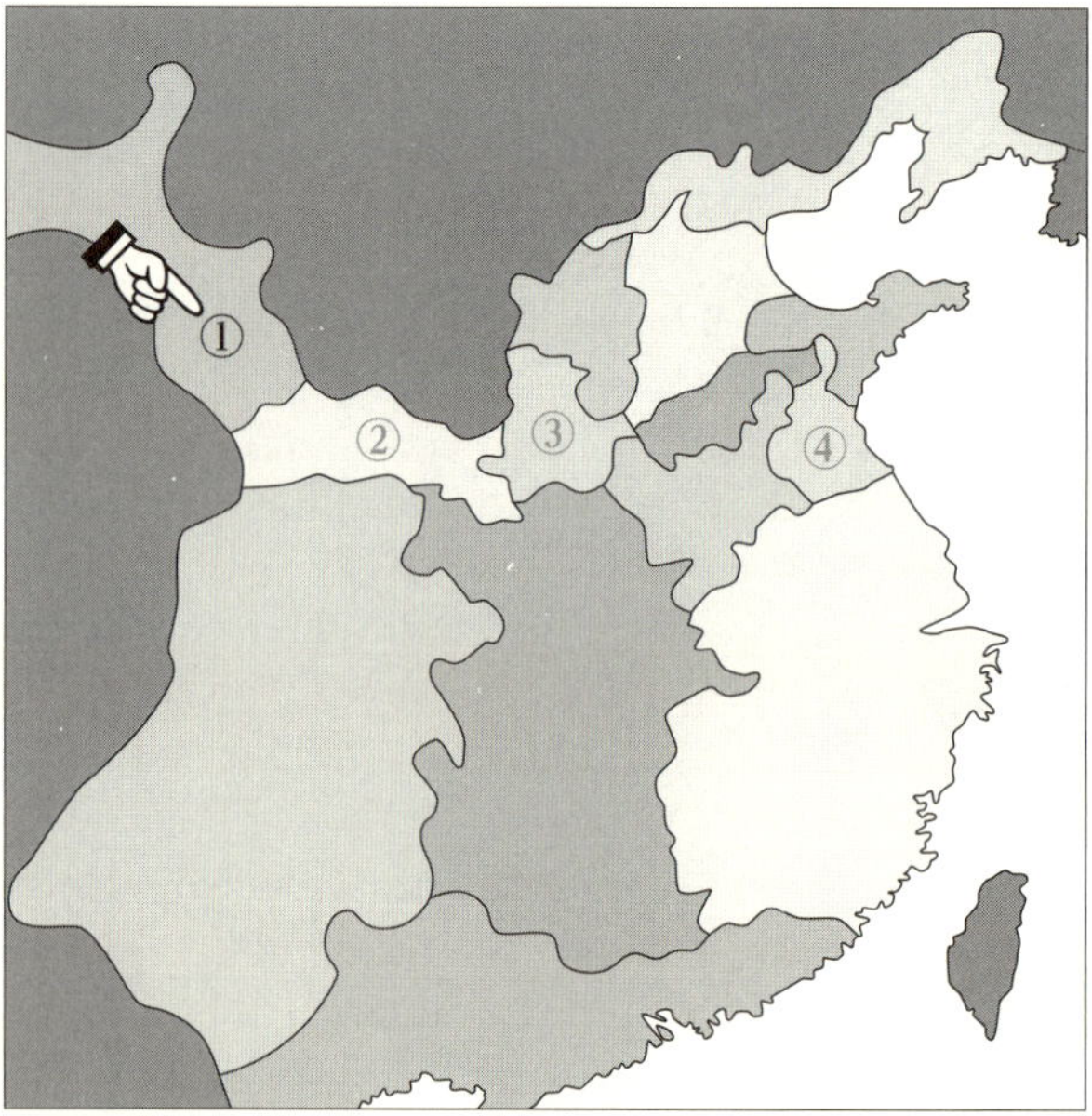

第3章

三国志英雄列伝10

本書の編集にあたって用意された問題は２０００問以上。
その問題の中で登場回数が多かった順に
並べたベスト10を本章で紹介する。

皆さんのランキングと異なる部分もあるだろうが、
そこも含めて楽しんでほしい。

問題　英雄１　諸葛亮

★★　Q.106

馬謖の失策で街亭を失い、諸葛亮のいる西城に司馬懿が押し寄せてきた際、諸葛亮は何をした？

①自ら火を放った
②籠城した
③城門を開け放った
④伏兵をおいた

信頼していた馬謖の失態で大ピンチに陥った諸葛亮。しかし苦境にあってますます光る知謀で窮地を脱する。

答え

A.106

正解

③城門を開け放った

解説

ほとんど兵のいない西城に司馬懿が押し寄せた際、諸葛亮は旗さし物を取り去り城門を開け放ち、やぐらの上で琴を弾いて見せた。司馬懿は「空城と見せて伏兵がいるに違いない」と警戒し兵を引いた。

関連問題　神算鬼謀のスーパースター

Q.107 ★

諸葛亮に敗れたことがきっかけで古傷が開き、「天はなぜ自分以外に諸葛亮をも生んだのか」と叫んで憤死したのは誰？

①呂蒙　②周瑜　③龐統　④張昭

Q.108 ★

諸葛亮を配下に加えた劉備は、自らを魚に例え、魚が何を得たようなものと喜んだ？

①知恵　②足　③水　④大海

Q.109 ★

諸葛亮と魏延が初めて対面した際、魏延にある相（特徴）があったため、諸葛亮は首をはねようとした。どんな相があった？

①反骨の相　②夭逝の相　③天子の相　④惰弱の相

Q.110 ★★★

諸葛亮は、死後に何と呼ばれるようになった？

①武侯　②孔侯　③知侯　④龍侯

答え

A.107

②周瑜

周瑜は蜀を攻めるとみせかけ荊州を攻めたが、諸葛亮に見抜かれ敗北した。諸葛亮から届いた「荊州を攻めないで曹操に備えろ」という手紙を読むと憤死した。

A.108

③水

劉備は魚が水を得たようなものと喜んだ。このことを「水魚の交わり」といい、切っても切れない深い仲という意味で用いられる。

A.109

①反骨の相

魏延が韓玄を斬り降伏した際、諸葛亮は「主君を斬るのは不忠、人の領地を差し出すのは不義。また反骨の相があるので必ず裏切る」と言い、斬ろうとした。

A.110

①武侯

諸葛亮は死後「忠武侯」と贈り名された。諸葛亮の死後にその名が登場する際は「武侯」と呼ばれている。

問題　英雄２　曹操

★★　Q.111

曹操が狩りを催した際、献帝の弓を借りて射た獲物は？

①熊
②兎
③猪
④鹿

曹操の専横が強まり、献帝が蔑ろにされていることを如実に示した、許田の巻狩りと言われるエピソード。

答え

A.111

正解

④鹿

解説

献帝が弓を射掛けたが当たらない。そこで献帝は曹操に弓を貸す。曹操は一発で鹿を仕留めた。献帝が鹿を射たと思い万歳をする百官の前に曹操が乗り出し、自らがその万歳を受けるという無礼な態度を取った。それを見た関羽は曹操を斬ろうとするが、劉備によって止められた。関羽は「あのような国賊は今のうちに殺してしまわないと後悔します」と劉備に進言するが、劉備は「そのことは胸に秘めておけ」と関羽をなだめた。

関連問題　乱世で雄飛したアンチヒーロー

Q.112 ★★

建安24年、劉備のある行為に対して激怒した曹操は、孫権へ蜀を攻めるよう要請した。劉備のある行為とは何？

①漢中王に即位した　②中原を平定した
③漢中を攻めた　④南蛮を平定した

Q.113 ★

名を馳せる前の曹操に対して「治世の能臣、乱世の奸雄」と評した人物は誰？

①司馬徽　②盧植
③許劭　④禰衡

Q.114 ★

曹操に「英雄は君（劉備）と自分だけだ」と言われた劉備は思わず箸を落とすが、動揺を悟られないため何と言い訳した？

①雨で手が滑った　②地震があった
③雷に驚いた　④風で飛ばされた

Q.115 ★

曹操の死を予言し、鶴に乗って姿を消した仙人は？

①夢梅居士　②于吉
③殷馗　④左慈

答え

A.112

① 漢中王に即位した

劉備が漢中を攻め落とした後、漢中王を名乗ったことに曹操は激怒し、蜀討伐の軍を起こそうとするが、司馬懿の策によりまず呉に蜀を攻めさせようとした。

A.113

③ 許劭

許劭は曹操を「平和な世なら有能な臣下、世が乱れれば英雄となる」と評した。「奸雄」とは、乱世で頭角を現すずるがしこい英雄という意味。

A.114

③ 雷に驚いた

曹操が自分を英雄とみなす、つまり警戒されていると知り動揺した劉備は思わず箸を取り落としたが、同時に雷がなったため「驚いて箸を落とした」と言い逃れた。

A.115

④ 左慈

左慈は曹操に首を斬られるが蘇り、曹操の死を予言して姿を消した。曹操はその後、病に伏せってしまう。

問題　英雄３　劉備

★　Q.116

劉備は死の間際、息子たち3人に「諸葛亮を○○と思って仕えるように」と遺言を残した。さて何と思うようにと言った？

①丞相
②父
③天子
④兄

志半ばで病に倒れた劉備。いまだ17歳の若さの太子劉禅に「悪事は小悪でも行うな、善行は小善でも必ず行え、徳の薄い父を見習うな」と遺言を残す。

答え

A.116

正解

②父

解説

劉備は諸葛亮に劉禅の補佐を頼み、劉禅に皇帝の器がなければ諸葛亮自らが皇帝となるよう頼んだ。また息子たちには諸葛亮を父と思い仕えるよう命じた。

関連問題　その仁徳で数多の名将を心服させた三国志演義の主人公

Q.117 ★★★

劉備の両耳はどこに届くほど大きいとされている？

①頬　②口　③あご　④肩

Q.118 ★

蜀の名将、関羽、張飛、趙雲、馬超、黄忠の5人を指す称号は何？

①五大将軍　②五虎将軍　③五勇将軍　④蜀漢五将

Q.119 ★★★

董承らと共に曹操誅殺の連判状に名を連ねた劉備は、曹操から目をつけられないように何を始めた？

①農業　②書道　③畜養　④水墨画

Q.120 ★★★

曹操と劉備が英雄論を語らった際、名前が挙がらなかったのは次のうち誰？

①袁紹　②劉表　③袁術　④公孫瓚

答え

A.117

④肩

身長は7尺5寸。両方の耳は肩まで垂れ下がり、手は膝の下へ届くほど長く、顔色は白く、唇は紅のように赤かったとされる。

A.118

②五虎将軍

劉備が漢中王となった際、関羽、張飛、趙雲、馬超、黄忠の5人の大将を「五虎将軍」に任じた。

A.119

①農業

曹操の気をそらすため裏庭で野菜作りに励んだが、曹操は劉備を竜に匹敵する英雄と称し、劉備への警戒を解くことはなかった。

A.120

④公孫瓚

曹操は「袁術は古い骸骨、袁紹はうわべだけ、劉表は虚名無実、孫策は親の七光り、劉璋は血筋だけ、張繡・張魯・韓遂は語るまでもない」と評した。

問題　英雄４　関羽

★　Q.121

赤壁の戦いで敗走した曹操を見逃した関羽に、打ち首を命じたのは誰？

① 劉備
② 龐統
③ 諸葛亮
④ 徐庶

曹操が故事を引用して関羽に命乞いをしたところ、関羽は過去の曹操に対する恩義と、涙を流す曹操の兵士を見かね、道を空けて見逃した。

答え

A.121

正解

③諸葛亮

解説

関羽は諸葛亮によって斬首を命じられるが、劉備がこれを止め免れた。諸葛亮は軍の規律を守るため、劉備が止めることを見越して斬首を命じたのだった。

関連問題　兄弟の契りを胸に義を貫いた武人

Q.122 ★★★

娘を息子の嫁に貰いたいという孫権の申し出を、関羽は「虎の娘を〇〇の子にやれるか」と断った。さて〇〇に入る動物は？

①蛙　②猫　③羊　④犬

Q.123 ★

その立派なヒゲを讃えられ、関羽が献帝から名付けられた尊称は何？

①美髯公　②皇叔　③龍髯　④髯男爵

Q.124 ★

関羽が曹操に「自分よりも強い」と言った人物は誰？

①趙雲　②張飛　③呂布　④夏侯惇

Q.125 ★

関羽が毒矢によって腕を怪我したとき、毒の回った骨を削り治療した人物は？

①吉平　②倉公　③華佗　④扁鵲

答え

A.122

④犬

孫権の申し出を失礼な言葉で返したことにより、蜀と呉の同盟関係が崩れ、呉は関羽の守る荊州へと兵を進めることになる。

A.123

①美髯公

関羽が曹操から髯を包む錦の袋を贈られた際、それを見た献帝が見事な髯を褒め「美髯公」と称した。

A.124

②張飛

顔良を簡単に討ち取った関羽を称える曹操に、関羽は「弟の張飛は私よりも強い」と言って驚かせた。

A.125

③華佗

腕の骨を削るという荒療治にもかかわらず、関羽は会話しながら碁を打ち続け華佗を驚かせた。

問題　英雄５　呂布

★★★　Q.126

袁術の命により劉備を倒そうと攻め掛かるが、呂布が１５０歩離れた戟に矢を当てることで仲裁したため兵を退いたのは？

①紀霊
②楊弘
③張勲
④陳紀

袁術が小沛にいる劉備を滅ぼすため紀霊を出陣させた際、劉備は徐州の呂布に助けを求める手紙を送った。呂布は袁術に裏切られた直後だったため、劉備を助けるために仲裁役を買って出た。

答え

A.126

正解

① 紀霊

解説

仲裁は難航したが、呂布が一案を出す。遠く離れた門に戟を立てさせ、それを射抜けば天意と見て撤退するように、と伝えた。そして呂布は見事に戟を射落とし、綺麗はやむなく撤退した。

関連問題　桁外れの武勇は両刃の剣か。裏切りに塗れた悲劇の英雄

★★　Q.127

曹操と劉備の大軍に包囲された呂布が、背中に背負って下邳城から脱出させようとした人物は誰？

①義兄弟　②息子　③貂蝉　④娘

★★★　Q.128

呂布が曹操に捕らえられた際、自分を殺すようにうながした劉備に向かって、何と罵った？

①大耳野郎　②薄髭野郎　③偽帝野郎　④むしろ織り野郎

★★★　Q.129

呂布の軍師として最後までつき従い、曹操に捕まった際に配下になるよう説得されても断ったのは誰？

①李儒　②賈詡　③陳宮　④沮授

★★★★　Q.130

呂布軍の武将高順が率いる兵は、攻撃した相手をかならず打ち破ることから、何と呼ばれた？

①天下無双　②破陣営　③攻城兵　④陥陣営

答え

A.127

④ 娘

曹操と劉備に下邳城を包囲された呂布は、袁術に助けてもらうため政略結婚を申し込むが、「まず娘を連れてこい」と言われ、背中に娘を背負い脱出しようとした。

A.128

① 大耳野郎

捕らえられ曹操の前に引き出された呂布は、自分を配下にしろと言うが、劉備は「この男がふたりの義父を殺したのをお忘れか」と言い、処刑するように勧めた。

A.129

③ 陳宮

陳宮は呂布の軍師として数々の献策を行うが、呂布はあまり陳宮の策を採用しなかった。曹操に捕らえられた際は降るよう説得されるが、自ら死を選んだ。

A.130

④ 陥陣営

高順は攻撃した相手、攻めた陣営をかならず陥落させることから「陥陣営」と呼ばれた。

問題　英雄６　張飛

★★★　Q.131

関羽の弔い合戦の際、張飛は３日で何を用意しろと言った？

①兵士

②白装束

③武器

④酒

兄を思うゆえの張飛の命令だったが、この命令が思わぬ結果を引き起こす。

答え

A.131

正解

②白装束

解説

白装束で孫権を討つので、3日以内に全軍分の白装束を用意するという無理な命令を范彊と張達に下した。とても無理ですと期限の変更を申し入れた2人に対し、酔った張飛は2人を棒打ちにした。范彊と張達は、張飛の寝首をかき、その首を持って呉に下った。

関連問題
愛した酒が命取り。腕っぷしは一番の三兄弟の末弟。

★ Q.132

刃の部分が波状になっている、張飛が愛用した武器は何？

①三尖刀　②方天画戟
③双鉄戟　④蛇矛

★★★ Q.133

徐州を奪われた張飛が自刃しようとした際、劉備は「兄弟は取り替えがきかない」とあるものに例えて止めた。何に例えた？

①妻子　②手足
③衣服　④首

★★★ Q.134

劉備が小沛に居たところ、呂布は張飛がやったあることに激怒し攻め寄せた。さて、張飛は何をした？

①武器泥棒　②酒泥棒
③食糧泥棒　④馬泥棒

★★★★★ Q.135

張飛の娘が嫁いだのは誰？

①諸葛瞻　②関興
③劉禅　④陸遜

答え

A.132

④蛇矛

刃の部分が蛇行した槍状の武器で、突き刺した時に傷口を広げる効果があった。張飛が生涯愛用した武器として知られている。

A.133

②手足

劉備は「妻子は衣服のようなもの、破れても縫えばいいが、兄弟は手足のようなもので切り落とされたら二度と繋がらない」と言い、張飛の自殺を止めた。

A.134

④馬泥棒

呂布に徐州を取られたことを恨む張飛は、山賊に化けて呂布軍の軍馬を盗んだが、そのことが呂布に知られたため攻められた。劉備一党は曹操を頼って逃げた。

A.135

③劉禅

即位当時、劉禅はまだ独り身であったため、諸葛亮らの勧めで17歳になる張飛の娘を皇后に迎えた。

問題　英雄７　孫権

★★★★★ Q.136

孫権の晩年に呉で起きた、誰を後継者にするかで大混乱になった事件を何と呼ぶ？

①孫呉事件
②和覇事件
③孫宮事件
④二宮事件

呉の初代皇帝である名君孫権が晩節を汚した後継者争いの不始末。この政争により呉は大きく国力を損ねてしまう。

答え

A.136

正解

④二宮事件

解説

孫権の長男だった孫登が早死にしたため、太子となった孫和派とその弟で孫権の寵愛を受けていた孫覇派に別れ、激しい政治闘争が行われた。孫権が2人のうちどちらを後継者にするか優柔不断な態度を取ったことが原因だった。これを「二宮事件」と呼ぶ。

関連問題　父・兄とともに天下を夢見た孫子の末裔

★★★★★ Q.137

孫権が曹丕、劉備に続いて皇帝を名乗る際の理由とされた、呉国内に現れたという瑞兆は鳳凰と何？

①白虎　②赤竜　③玄武　④黄竜

★★★★★ Q.138

曹丕によって孫権が呉王に封ぜられると、「わが君に他人の爵位を受けさせることになった」と泣いた呉の武将は誰？

①徐盛　②丁奉　③周泰　④韓当

★★★★★ Q.139

孫権の死の直前に、呉に起こった天変地異は何？

①大地震　②暴風雨　③大津波　④大寒波

★★ Q.140

孫権と戦場でまみえた際、その姿を見て「息子を持つなら孫権のような男がいい」と言った人物は？

①劉備　②劉璋　③曹操　④袁紹

答え

A.137

④ **黄竜**

鳳凰、黄竜が呉に現れたのは孫権が帝位に就く瑞兆である、とされた。このことにちなみ、年号も黄竜と改めた。

A.138

① **徐盛**

帝位を簒奪した曹丕から王に封ぜられるということは、呉が魏の臣下となることを意味したが、徐盛が忠義の涙を流したため、使者の刑貞を感嘆させた。

A.139

② **暴風雨**

太元元年の秋、暴風雨が発生し平地までも洪水となり、呉代々の陵に植えられた松柏は根元から吹き飛んだ。驚いた孫権は病に倒れ、そのまま息を引き取った。

A.140

③ **曹操**

大軍を率い濡須で孫権と対峙した曹操は、孫権の堂々たる姿に「子を持つなら孫権のような男がいい。劉表の息子たちなど犬か豚のようなものだ」と言った。

問題　英雄８　周瑜

★　Q.141

「江東に二喬」といわれた美人姉妹の大喬と小喬。妹の小喬は周瑜に嫁いだが、姉の大喬は誰に嫁いだ？

①孫権	②孫策
③孫堅	④曹操

若き二人の英雄と二人の美女。
深い友情で結ばれ、呉の発展に力を注ぐ。

答え

A.141

正解

②孫策

解説

孫策と周瑜は義兄弟の契りを交わし、また江東の二喬と呼ばれる美人姉妹を共に妻とした。金属すら断ち切るほどの強い友情という意味で「断金の交」と呼ばれた。

関連問題

同時代の天才にあと一歩及ばなかった悲運の軍師

Q.142 ★★

孫策が死ぬ間際、孫権に「内政は○○に相談せよ」と言い残した。さて、誰と言った？

①張昭　②張紘　③周瑜　④魯粛

Q.143 ★

周瑜が諸葛亮の策に翻弄され憤死したあと、遺言で自分の後任として指名したのは誰？

①陸遜　②魯粛　③陸抗　④呂蒙

Q.144 ★★★★

赤壁の戦いの直後、合肥を攻めるも張遼に阻まれ苦戦する孫権の救援として現れたのは誰？

①蒋欽　②黄蓋　③周瑜　④程普

Q.145 ★★

荊州を奪ったまま返さない劉備に対し、孫権の妹と結婚を持ちかけ呉へ呼び寄せ、そのまま捕らえるという策を考えたのは？

①魯粛　②龐統　③周瑜　④張紘

答え

A.142
① 張昭

孫策が死ぬ間際、孫権を呼び寄せ「国内のことは張昭に、国外のことは周瑜に相談せよ」と言い残した。

A.143
② 魯粛

策を諸葛亮に見抜かれた周瑜は、怒りのあまり古傷が開き、そのまま死んだ。死期を悟った周瑜は、自分の後任を魯粛とするよう孫権に書き残した。

A.144
④ 程普

程普は赤壁の戦いの後、周瑜に従い荊州南郡の曹仁を攻めていたが、南郡は諸葛亮に奪われた。そこに孫権の命令で合肥に援軍として向かった。

A.145
③ 周瑜

周瑜は、孫権の妹と劉備の縁談を持ちかけ、そのまま人質にしようとした。しかし孫夫人の母である呉国太が劉備を気に入ってしまい、策は失敗した。

問題　英雄９　姜維

★★★★★　Q.146

反乱が失敗に終わり自殺した姜維の腹を魏の兵士が割いた際、その肝《きも》はどれほど大きかったといわれた？

①馬頭
②亀甲
③兜
④鶏卵

力及ばず魏に降伏した姜維だったが、蜀の再興を諦めず、鍾会に接近して反乱を起こす。しかし計画は失敗し、鍾会もろとも殺されてしまった。

答え

A.146

正解

④鶏卵

解説

鍾会の反乱が失敗した際、姜維も自害して果てた。魏の兵士が姜維の死体を引き裂くと、腹の中にあった肝《きも》は鶏卵ほどの大きさだったという。なお正史の三国志では、より大きく一升枡ほどあったと記されている。

関連問題　諸葛亮亡き後の蜀を双肩に担う

★★★★ Q.147

姜維の襲来はないと予想した陳泰に、鄧艾は5つの理由で姜維襲来に備えるよう進言した。感心した陳泰が結んだ契りとは？

①刎頸の交
②忘年の交
③水魚の交
④断金の交

★★★★ Q.148

魏の鄧艾が成都を目指して進軍した際、険しい崖に行き当たったが、どうやって通った？

①馬で飛び越えた
②毛布を捲いて転がった
③地元民に裏道を聞いた
④鎧を着けて転がった

★★★★ Q.149

内政を疎かにし、外征ばかりしている姜維を諫めるために、譙周が著したものとは？

①奇門遁甲天書
②仇国論
③孟徳新書
④太平要術

★★★★★ Q.150

鉄籠山で姜維軍に取り囲まれ水不足に陥った司馬昭は、どのようにして水を得た？

①天に祈った
②雨乞いをした
③井戸を掘った
④川から水を引いた

答え

A.147

②忘年の交

自分よりもはるかに年下である鄧艾の知恵に感服した陳泰は、年の差など気にせずに尊敬し合うという意味の「忘年の交」を結んだ。

A.148

②毛布を捲いて転がった

鄧艾は蜀の険しい山中を進軍したが、摩天嶺という険しい崖に行き当たった。橋を架けることもできなかったが、毛布を体に捲き転がり落ちて通り抜けた。

A.149

②仇国論

劉禅が酒に溺れ内政が荒廃しているのを案じ、「仇国論」を著して北伐へ意気込む姜維を諫めた。

A.150

①天に祈った

王韜の勧めで天に祈ってみると、泉が吹き出し命拾いした。

問題　英雄10　馬超

★ Q.151

潼関の戦いで馬超が急襲してきた際、曹操を背負って船に飛び乗り難を逃れた人物は誰？

①典韋

②曹洪

③許褚

④夏侯淵

父の仇である曹操を追い詰めた馬超。
敵将の活躍で惜しくも取り逃がした。

答え

A.151

正解

③許褚

解説

許褚は曹操を背負って船に飛び乗り、船の縁にすがりつく兵士たちの手を切り落として船を出した。さらに川岸から浴びせられる矢を馬の鞍で防ぎ、曹操をなんとか守り通した。

関連問題　その武勇と人望で異民族をまとめ上げ、曹操をも脅かした

★　Q.152

西涼の馬超と共に曹操を攻めたが、曹操軍の賈詡による「離間の計」で馬超に疑われ、そのため曹操に降る決心をしたのは？

①楊秋
②張魯
③龐徳
④韓遂

★★★　Q.153

綿竹城に攻め寄せた馬超を仲間に加えるため、諸葛亮が取った計略とは？

①十面埋伏の計
②贋書の計
③離間の計
④苦肉の計

★★★　Q.154

潼関の戦いで馬超に追われた曹操は、自身の目印となるあるものを捨てて逃げた。さて逃げる際に何を捨てた？

①兜
②馬
③剣
④上衣

★★★　Q.155

父の馬騰が曹操によって殺害されたころ、馬超は「雪のなかで寝ている自分に、○○が襲いかかってくる」という夢を見た。

①竜
②狼
③虎
④蛇

答え

A.152
④韓遂

馬超の父である馬騰と義兄弟だった韓遂は、馬超に協力し対曹操の軍を起こした。しかし賈詡の「離間の計」により馬超に内応を疑われたため、曹操へ降った。

A.153
③離間の計

諸葛亮は「離間の計」によって張魯と馬超の信頼関係を崩し、孤立した馬超に降伏を持ちかけた。

A.154
④上衣

鎧の上に赤い衣を纏っていた曹操は、それを目印に西涼軍が追ってくるので、衣を脱ぎ捨てて逃走した。

A.155
③虎

馬超は夢のことを家臣に問うと、龐徳によって「雪中の虎は大凶の証」と教えられる。まもなく馬騰らが殺害されたことが伝えられた。

問題　人物名とその人物が使った計略を組み合わせよ

★　Q.156

- 荀彧
- 王允
- 賈詡
- 諸葛亮

- 虚誘掩殺の計
- 空城の計
- 連環の計
- 駆虎呑狼の計

答え

A.156

荀彧

王允

賈詡

諸葛亮

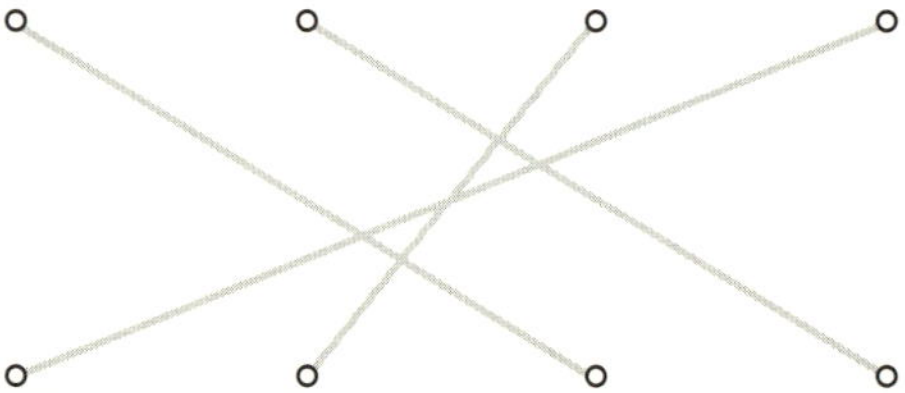

虚誘掩殺の計

空城の計

連環の計

駆虎呑狼の計

王允は連環の計で貂蝉に呂布を誘惑させ、董卓を討つことに成功した。また荀彧は駆虎呑狼の計、賈詡は虚誘掩殺の計、諸葛亮は空城の計を使った。

問題　年代順の並べ替え問題

★★★　Q.157

故事成語を由来となった出来事が起こった順に並べよ

① 忘年の交わり

② 水魚の交わり

③ 破竹の勢い

④ 泣いて馬謖を斬る

★★　Q.158

人物を華佗が診察した順に並べよ

① 曹操

② 関羽

③ 周泰

④ 董襲

答え

A.157

「忘年の交わり」は鄧艾と陳泰の友情を指した言葉。「破竹の勢い」は杜預が呉を攻めたときの勢いに由来。

- ②水魚の交わり
- ④泣いて馬謖を斬る
- ①忘年の交わり
- ③破竹の勢い

A.158

董襲、周泰、関羽、曹操の順に診察した。曹操は華佗の診察を受けたものの、手術を恐れて彼を処刑してしまった。

- ④董襲
- ③周泰
- ②関羽
- ①曹操

第4章

現代に生きる三国志の言葉5

普段から耳慣れている言葉の中にも、
三国志が由来となっている言葉は数多い。
本章ではそれらの言葉をキーワードに、
関連するエピソードや、
その周辺の人物を紹介していく。

問題　言葉１　泣いて馬謖を斬る

★　Q.159

諸葛亮の第1次北伐で、重要地点である街亭を馬謖に任せたが、ある失敗がもとで大敗した。馬謖が犯した失敗とは何？

①一騎打ちで負けた

②小数で陣を敷いた

③偽の手紙に騙された

④山頂に陣取った

劉備の遺言で「口先だけの男だから多くを任せてはならない」と伝えられていた馬謖を諸葛亮は重用する。これが諸葛亮の北伐におけるつまずきの第一歩だった。

答え

A.159

正解

④山頂に陣取った

解説

街亭の街道ではなく山頂に陣を敷いた馬謖は、山を囲まれて水を絶たれ、そのまま大敗した。馬謖の陣立てを聞いた諸葛亮は思わず天を仰いだ。

関連問題　秀才揃いと言われる馬氏の五兄弟にまつわるエピソード

★★★　Q.160

街亭の守りを命じられた馬謖が山頂に陣を敷いた際、囲まれると危険だと馬謖を諫めたのは誰？

①姜維　**②魏延**　**③馬良**　**④王平**

★★★★　Q.161

馬謖が処刑される際、自分の家族のことを頼む馬謖に諸葛亮が言った言葉は「お前とは○○のようなものだから多くは言うな」

①親子　**②兄弟**　**③同族**　**④師弟**

★★　Q.162

劉備が関羽の仇討ちのため呉を攻めた際、劉備の陣立てに不安を感じ、諸葛亮へ陣の図面を持って意見を聞きに行ったのは？

①馬良　**②伊籍**　**③馬謖**　**④孫乾**

★★★　Q.163

同類の者のなかで一番優れているという意味の「白眉」、この故事成語の語源となったのは誰？

①馬謖　**②馬岱**　**③馬超**　**④馬良**

答え

A.160

④王平

王平は馬謖を諫めたが聞き入れられず、諸葛亮に布陣の図を送って意見を求めた。しかし諸葛亮に図が届いたときにはすでに遅く、馬謖は魏軍に大敗した後だった。

A.161

②兄弟

馬謖は自分の死後、自分の息子を用いてくれれば幸いだと言うと、諸葛亮は「お前とは兄弟のようなものだから、多くを言わなくてもいい」と言った。

A.162

①馬良

呉の領内深く侵攻した劉備が敷いた陣に不安を覚えた馬良は、陣の図面を持ち蜀へ向かった。諸葛亮は図面を見て驚き、すぐに陣を改めるよう馬良に伝えた。

A.163

④馬良

襄陽に住む馬氏の5兄弟のなかでもっとも優れているとされた馬良は、眉毛に白髪が交じっていたことから「白眉」と呼ばれた。

問題　言葉２　臥竜鳳雛

★　Q.164

司馬徽が劉備に教えたふたりの軍師の道号「臥竜鳳雛」。臥竜とは諸葛亮のことだが、では鳳雛は誰？

①周瑜

②龐統

③司馬懿

④郭嘉

現代でも使われる言葉「臥竜鳳雛」。才能ある人物が在野にとどまることを示す。

答え

A.164

正解

②龐統

解説

臥竜とは「寝ている龍」、鳳雛とは「鳳凰のヒナ」を指し、才能を持ちながら世に出ていない人物のことを表す。伏龍は諸葛亮、鳳雛は龐統のことで、劉備はこの両方を得た。

関連問題　龐統は不幸な戦死を遂げたため、その才を活かす機会はごくわずかだった

★ Q.165

蔡瑁に追われた劉備に宿を貸し、諸葛亮と龐統の存在を教えた人物は？

①司馬徽　②盧植
③黄承彦　④許劭

★ Q.166

落鳳坡で龐統が戦死した時、弓を射掛けた張任は、龐統のことを誰と勘違いしていた？

①諸葛亮　②劉備
③張松　④関羽

★ Q.167

耒陽県の県令を命じられた龐統は、仕事をせずに毎日何をしていた？

①碁を打っていた　②釣りをしていた
③詩を詠んでいた　④酒を飲んでいた

★★★★ Q.168

孫権が龐統を重用しなかった理由は何？

①経験不足　②言葉使いが下品
③過去の所業　④顔が醜い

答え

A.165

①司馬徽

司馬徽は臥龍（諸葛亮）と鳳雛（龐統）を軍師に迎えるよう劉備に推薦した。

A.166

②劉備

龐統は劉備から与えられた白馬に乗っていたため、劉備と勘違いされて射られた。

A.167

④酒を飲んでいた

毎日酒ばかり飲んで１００日分の仕事をため込んだ龐統、いざ仕事を始めると半日もかからず片付けた。実力を知った劉備は龐統を呼び戻し副軍師に据えた。

A.168

④顔が醜い

周瑜の死後に都督となった魯粛は龐統を推薦するが、美丈夫（ハンサム）だった周瑜の記憶が新しい孫権は、見た目が醜い龐統を用いようとしなかった。

問題　言葉３　髀肉の嘆

★ Q.169

平和が続き久しく馬に乗らなかった劉備が、嘆いた「髀《ひ》肉《にく》の嘆《たん》」。どこの肉がついたことを嘆いた？

①腹

②尻

③背中

④ふともも

荊州の食客として安らかな日々を送っていた劉備。自らの安寧と老いを実感して涙を流す。

答え

A.169

正解

④ふともも

解説

「髀肉の嘆」とは、手柄や功名をたてる機会がないことを嘆くという意の言葉。劉表が開いた酒宴に招かれた際、厠で自らの太ももの肉にふと気付き、悲嘆の涙を流したという。

関連問題　髀肉を嘆きながらも、やはり波乱に満ちた劉備の周辺であった

Q.170 ★★★★

劉備の乗る馬が的盧という凶馬だと劉備に教えた人物は誰？

①司馬徽　②伊籍　③徐庶　④孫乾

Q.171 ★★

蔡夫人が息子の劉琮を劉表の跡継ぎにするため、劉表の死後行ったこととは？

①曹操に降伏した　②劉琦を殺害した　③劉備を暗殺した　④遺書を偽造した

Q.172 ★★

劉琦が弟劉琮との後継者争いで悩んだ際、劉備の次に相談を持ちかけたのは誰？

①諸葛亮　②関羽　③趙雲　④関平

Q.173 ★★★

劉琦の死後、荊州を呉から借りている形になっていた劉備は、何をしたら荊州を返還するといった？

①周瑜が死んだら　②樊城を取ったら　③呉が合肥を取ったら　④蜀を取ったら

答え

A.170

②伊籍

伊籍は劉備に乗っている馬が凶馬だと告げるが、劉備は人の生き死は運命だからと動じなかったため伊籍は深く感服した。

A.171

④遺書を偽造した

劉表は「兄の劉琦を跡継ぎとし、その補佐を劉備に任せる」との遺書を残したが、蔡夫人とその弟蔡瑁によって遺書は偽造され、劉琮が跡継ぎとして据えられた。

A.172

①諸葛亮

劉琦は「継母に命を狙われている」と劉備に相談した。それを聞いていた諸葛亮が笑みを浮かべているのを見た劉備は、劉琦に諸葛亮を頼るよう言った。

A.173

④蜀を取ったら

当初は「劉琦(劉表の子)が死んだら荊州を返す」と言っていたが、劉琦が死ぬと「蜀を取ったら返す」と言い、また蜀を取ったあとも返還はされなかった。

問題　言葉４　危急存亡の秋《とき》

★　Q.174

諸葛亮が魏を攻める北伐に出る際、劉禅に奉ったものは何？

①出師の表

②軍師の表

③武侯の表

④蜀漢の大計

「これを読んで涙を流さないものはいない」と言われた名文である。

答え

A.174

正解

①出師《すいし》の表《ひょう》

解説

諸葛亮は、南蛮を平定すると出師の表を上奏し、北伐へと出陣した。出師の表では蜀が危急存亡の秋《とき》を迎えていると伝え、続いて北伐の理由、大義名分の他に、諸葛亮の劉備への恩義が書かれている。

関連問題

勝ち目は薄いことは知りながら、諸葛亮は先帝の約束に報おうと兵を出す

Q.175 ★★★★

諸葛亮が第3次北伐の際、撤退のときに使用し司馬懿の追撃を防いだ策は何？

①八門金鎖の陣
②空城の計
③石兵八陣
④増竈の法

Q.176 ★★★

漢中侵攻の際、諸葛亮が「このふたりがいれば漢中を取れる」と言って、周囲の心配をよそに送り出した武将は誰と誰？

①関羽と張飛
②黄忠と厳顔
③馬超と馬岱
④魏延と王平

Q.177 ★★★★

食糧輸送の遅れを罰せられることを恐れ「呉が蜀へ攻め込もうとしている」という偽手紙を送り諸葛亮を呼び戻したのは？

①蒋琬
②李厳
③楊修
④馬謖

Q.178 ★★★★

第1次北伐の際、敗れた諸葛亮は責任を取って何を願い出た？

①棒罰
②隠居
③降格
④打ち首

答え

A.175

④増竈の法

撤退の際、食事のために作る竈《かまど》の数を毎日増やしていき、兵数が増えているようにみせかけた。竈の数を数えた司馬懿は警戒し、追撃しなかった。

A.176

②黄忠と厳顔

周囲の者たちは黄忠、厳顔共に年を取っていたため心配したが、諸葛亮は自信を持って送り出した。黄忠らも夏侯淵を討ち取るなど、その期待に応えた。

A.177

②李厳

李厳は北伐に出ている蜀軍への食糧輸送を担当していたが、輸送期限に間に合わなかったため、罪に問われることを恐れ嘘の手紙で諸葛亮を呼び戻した。

A.178

③降格

失敗の責任を取り、諸葛亮は丞相の座から自らを降格させるよう劉禅に願い出た。劉禅は諸葛亮を降格させたが、そのまま軍を指揮するように命じた。

問題　言葉５　呉下の阿蒙

★　Q.179

若いころは無学だったが、孫権にたしなめられたことから勉学に励んだ呂蒙を「呉下《ごか》の阿蒙《あもう》にあらず」といって褒めたのは？

①周瑜

②張昭

③陸遜

④魯粛

対して呂蒙は

「男子三日会わざれば刮目して見よ」と応えた。

これもまた名言としてよく知られる。

答え

A.179

正解

④魯粛

解説

「阿蒙」の「阿」とは「〜ちゃん」といった子供に対する呼び方。呂蒙の成長に驚いた魯粛は「もう呉の蒙ちゃんなどとは呼べないな」と言って褒めた。

関連問題　深い絆で結ばれた呉の名将たち

★ Q.180

甘寧を父の仇と憎んでいた凌統だが、甘寧に命を救われたことをきっかけに、強い交わりを結んだ。これをなんの交という？

①水魚の交　②生死の交　③刎頸の交　④断金の交

★ Q.181

呉が合肥を攻めた際、張遼を破ることができず、その後甘寧がたった百騎で張遼の陣を混乱させたため悔しがったのは誰？

①徐盛　②潘璋　③周泰　④凌統

★ Q.182

孫権が父の仇でもある劉表配下の武将黄祖を攻めたとき、孫権軍の武将である凌操を矢で倒したのは誰？

①甘寧　②黄忠　③魏延　④蔡瑁

★ Q.183

濡須の戦いで活躍した甘寧を、孫権は「曹操には○○がいるが私には甘寧がいる」と褒めた。さて、比較された魏の武将とは？

①張遼　②夏侯惇　③許褚　④夏侯淵

答え

A.180

②生死の交

濡須口の戦いで馬に矢を射られ落馬し、魏の楽進に命を取られかけるが、甘寧の矢により助けられた。そのことを知った凌統は恨みを忘れ親交を誓った。

A.181

④凌統

凌統は合肥を守る張遼を「3000騎で攻める」と名乗り出るが、甘寧が「100騎で十分」と言ったため口論となった。

A.182

①甘寧

敵将凌操を倒すなど活躍するも、自分を重く用いない黄祖に対して恨みを抱いた甘寧は、孫権へと降った。

A.183

①張遼

濡須の戦いの前に行われた合肥の戦いで、呉軍は魏の張遼に大敗を喫した。続く濡須の戦いでは、甘寧がたった百騎での夜襲を成功させた。

問題　人物名とその人物が見た夢を組み合わせよ

★★★★　Q.184

- 甘夫人・　・角が生える
- 魏延・　・太陽を持つ
- 馬超・　・星を飲む
- 程昱・　・虎に遭う

答え

A.184

甘夫人

魏延

馬超

程昱

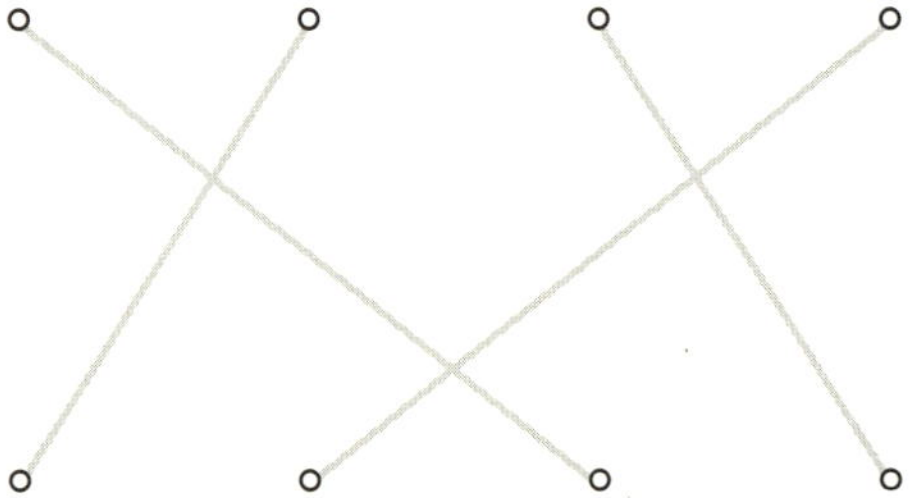

角が生える

太陽を持つ

星を飲む

虎に遭う

甘夫人は「北斗七星を飲む」、魏延は「頭に2本の角が生える」、馬超は「雪中で虎の群れにあう」、程昱は「太陽を捧げ持つ」という夢を見た。

問題　地図上の数字の中で正しい位置は？

★　Q.185

馬謖が山上に陣を敷いたせいで、大敗を喫した場所はどこ？

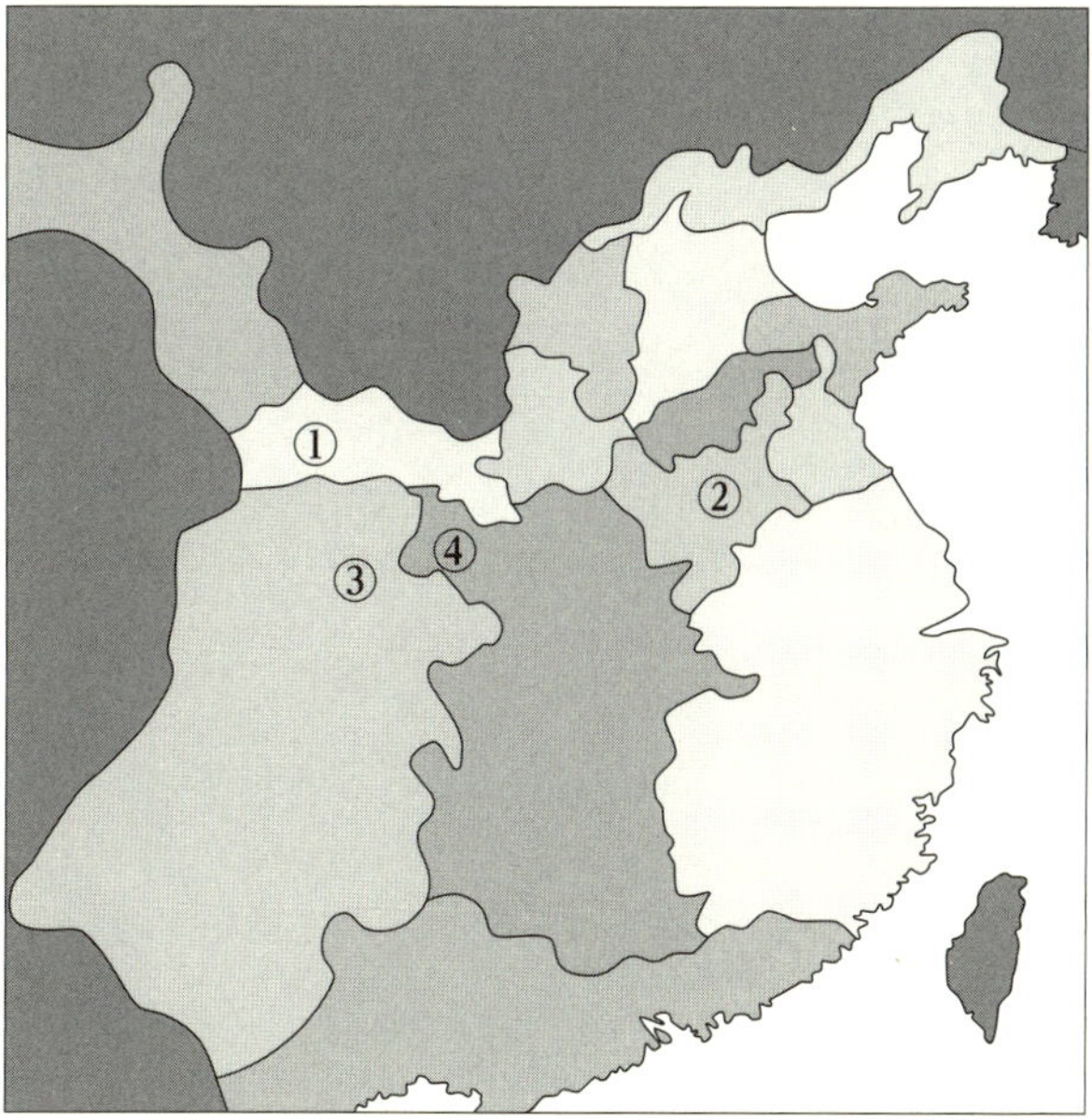

答え

A.185

①街亭

第1次北伐で天水、南安、安定を手に入れた諸葛亮だが、街亭で馬謖が大敗すると兵を退いた。

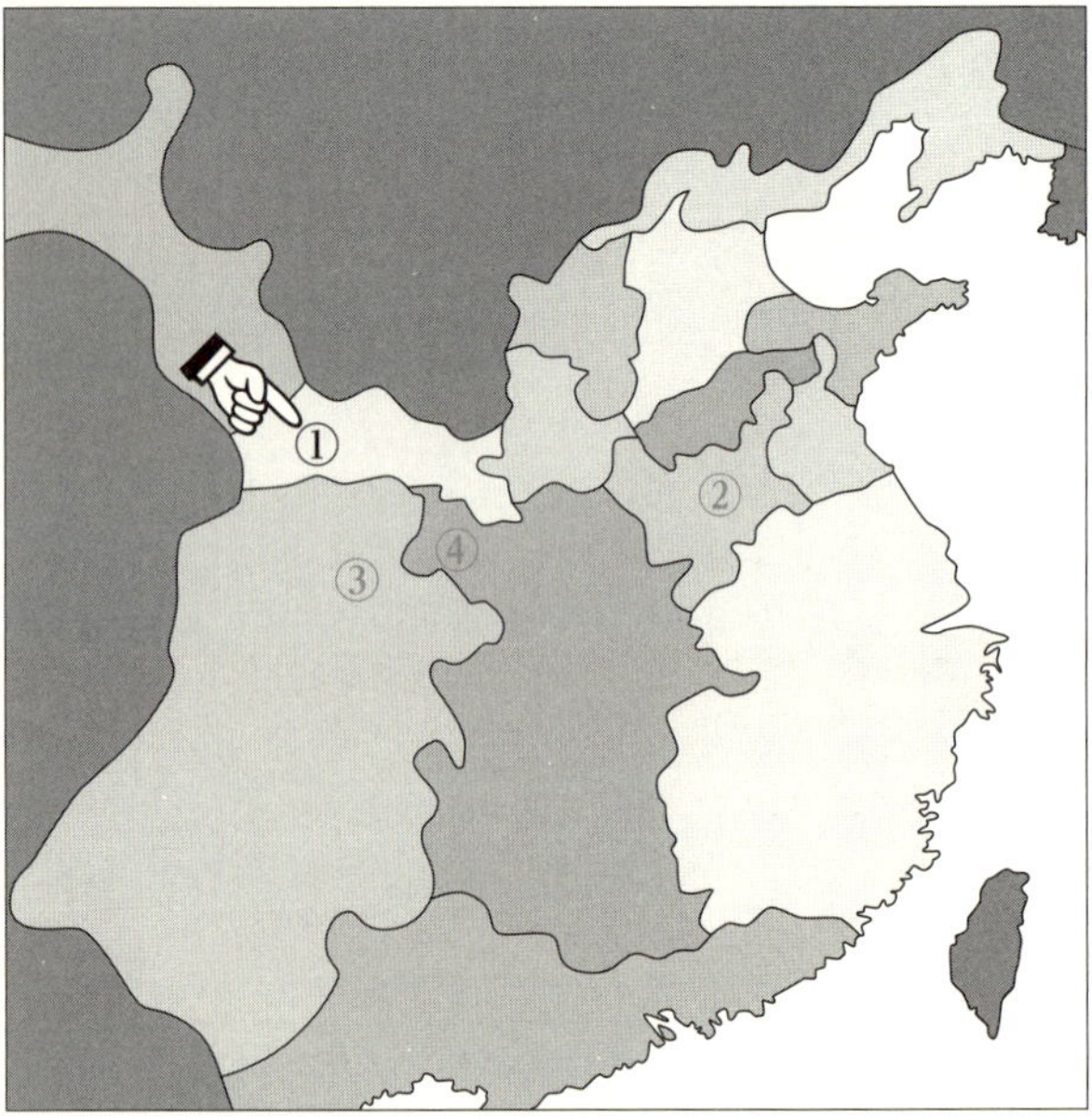

第5章

三国志を彩る人・事件

カリスマ性を持った英雄や
軍師だけが三国志じゃない。
暗愚だったり目立たなかったりするけれど、
三国志の物語に彩りを与える
エピソードを持った人物を取り上げた。

問題　事件１　後継者たち

★★　Q.186

劉禅の無能ぶりに司馬昭が言った言葉は「これでは○○が生きていたとしても、国を存続させることはできなかったろう」

①劉備

②姜維

③諸葛亮

④趙雲

劉禅は降伏して魏に移送された。司馬昭は蜀の曲を楽しそうに聞き入る劉禅を見てこのようにつぶやいたという。

答え

A.186

正解

③諸葛亮

解説

司馬昭は、「これでは諸葛亮が生きていたとしても、国を存続させることはできなかっただろう。ましてや姜維では……」と言って、劉禅への警戒を解いた。

関連問題　三国末期の英雄や、残念な人たちにまつわる話

★　Q.187

蜀の成都を落とし、劉禅を降伏させた人物は誰？

①鐘会　②閻宇
③鄧艾　④司馬懿

★★★★★　Q.188

魏に降った劉禅が「魏は楽しいので蜀は恋しくない」と言った際、悲しいそぶりを見せるよう劉禅を諫めた人物は誰？

①樊建　②張紹
③蒋琬　④郤正

★★★★★　Q.189

諸葛恪が自らの失敗をごまかそうと専横をはじめたため、滕胤、皇帝の孫亮と共に諸葛恪の暗殺を謀ったのは誰？

①濮陽興　②孫峻
③岑昏　④孫綝

★★★★★　Q.190

呉を滅ぼした将のひとりである杜預が愛読した書物に由来する、杜預の癖とは何？

①左伝癖　②孫呉癖
③右伝癖　④孔子癖

答え

A.187

③鄧艾

司馬昭に命じられた鄧艾と鐘会は競い合うように蜀へ侵攻し、最終的に鄧艾が成都を落として劉禅を降伏させた。

A.188

④郤正

郤正は手洗いに立った劉禅を追いかけ、「先祖の墓が遠い蜀にあるので、悲しまない日はありません」と答えるよう諫めた。

A.189

②孫峻

諸葛恪は魏へと攻め入るが敗北し、帰国後はそのことを責められるのを恐れ、他者の落ち度を見つけては処刑するなどの専横をはじめたため、孫峻らに殺害された。

A.190

①左伝癖

杜預は「春秋左氏伝」という歴史書を愛読しており、片時も手放すことがなかった。これを見た人は「左伝癖」と言った。

問題　事件２　廃された帝

★★★　Q.191

献帝が曹操の専横を嘆き、車騎将軍の董承へしたためた密詔は何で書かれていた？

①漆　②紅　③炭　④血

献帝が曹操によって保護され、王朝は安定したものの、実質的には曹操の傀儡となってしまった。

答え

A.191

正解

④血

解説

献帝は血書の密詔をしたため、それを玉帯（ベルト）の内側へ隠し董承へ送った。しかしこれは発覚し、董承のほか、王子服・种輯らが処刑された。

関連問題　歴史のうねりに巻き込まれた後漢末期の皇帝たち

★ Q.192

少帝が董卓によって皇帝を廃された後、封じられた身分は？

①陳留王
②漢中王
③弘農王
④魏王

★★ Q.193

献帝と面会し帝の血筋を引くことが証明された劉備は、その後何と呼ばれるようになった？

①劉皇叔
②劉王
③劉貴人
④劉帝

★★ Q.194

何進は皇子弁（のちの少帝）の母である何太后とどのような血縁関係にあった？

①父
②兄
③叔父
④弟

★★★★★ Q.195

後漢の霊帝のころ、宦官が「清流派」と呼ばれる知識人たちを弾圧したが、この事件を何と呼ぶ？

①党錮の禁
②宦官の禁
③清流の禁
④十常侍の禁

答え

A.192

③弘農王

董卓によって少帝は弘農王に落とされ、弟の陳留王が皇帝に即位した。

A.193

①劉皇叔

荀彧は帝が劉備を認めたことを心配したが、曹操は「帝を擁する自分にますます逆らえなくなった」と意に介さなかった。

A.194

②兄

何進は下層階級の出身であったが、妹が皇子を産み皇后となったことで出世し、大将軍に任ぜられた。

A.195

①党錮の禁

後漢の桓帝～霊帝のころ、宦官を追放しようとした「清流派」と呼ばれる知識人たちが、逆に投獄、追放、死刑となる大弾圧を受けた。これを「党錮の禁」という。

問題　事件3　銅雀台

★　Q.196

地下から「銅製の雀」を掘り出したのをきっかけに、銅雀台を建設した人物は誰？

①曹操

②曹丕

③劉備

④孫堅

銅雀台は、この人物の栄華の象徴と言えるだろう。

答え

A.196

正解

①曹操

解説

「銅製の雀」が吉兆だと聞いた曹操は喜び、屋根に3メートルもの雀の銅像をあしらった銅雀台を建設した。高さは10丈、山のようにそびえ立っていたという。

関連問題　曹操の栄華と、その跡継ぎについての問題

★★★★★ Q.197

曹操が銅雀台を築いた際、完成を祝う宴会で武将たちによって行われたのは何？

①馬比べ
②力比べ
③弓比べ
④相撲

★★★★★ Q.198

銅雀台の完成を祝う宴会の席で、許褚と大げんかをはじめた曹操軍の武将は誰？

①徐晃
②曹洪
③曹休
④夏侯惇

★ Q.199

曹操が銅雀台に住まわせたいと願った絶世の美女とは？

①郭貴妃
②二喬
③甄氏
④貂蝉

★★★ Q.200

曹操が息子たちを評した際、「温厚篤実」と評されたのは誰？

①曹彰
②曹植
③曹熊
④曹丕

答え

A.197

③弓比べ

銅雀台の完成を祝う宴会で、曹操はひたたれを木の枝にかけ、「真ん中の赤い紋に矢を当ててみよ」と言った。弓自慢の武将たちは、次々に矢を当ててみせた。

A.198

①徐晃

曹操は弓の腕比べをさせたが、武将たちは皆自分が一番と譲らず、ついには徐晃と許褚が大げんかをはじめてしまった。曹操は参加した全員に褒美を与えた。

A.199

②二喬

曹操は二喬(大喬と小喬)を銅雀台に住まわせるのが、夢のひとつだと語っていた。これを諸葛亮に聞かされた周瑜は激怒し、赤壁の戦いが起こるきっかけとなった。

A.200

④曹丕

曹操は死の間際に家臣を集め、曹丕は「温厚篤実」、曹彰は「武勇ばかりで思慮に欠ける」、曹植は「軽い男で誠実さに欠ける」、曹熊は「病弱」と評した。

問題　事件４　仙人・道士・医師

★★★　Q.201

名医華佗が関羽の右腕の手術をした際、関羽は骨を削られても碁を打ち続けていたが、そのときの碁の相手は誰？

①馬良

②趙累

③伊籍

④王甫

関羽の豪胆さを象徴するエピソードのひとつだ。

答え

A.201

正解

①馬良

解説

関羽は樊城を守る曹仁を攻めている途中、毒矢を右腕に受けた。その治療を華佗にさせたが、骨を削り取るという荒治療の最中も馬良と碁を打ち続け、華佗を驚かせた。

関連問題　予言や呪術などで世を動かした人物たちのエピソード

★★★ Q.202

孫策が仙人の于吉を捕らえて殺そうとした際、「雨乞いをさせて術が本物が確かめればいい」と進言したのは誰？

①虞翻　②魯粛　③張昭　④呂範

★★★★ Q.203

仙人の左慈が学んだとされる呪術書は？

①遁甲天書　②太平要術　③孟徳新書　④孫子の兵法書

★★★★★ Q.204

管輅が「三八に縦横にして、黄猪が虎に遭い、定軍の南で一股を失う」とその死を予言していた人物は？

①張部　②夏侯淵　③典韋　④夏侯惇

★★★★★ Q.205

禰衡に「門番にちょうどよい」と馬鹿にされた人物は誰？

①程昱　②郭嘉　③賈詡　④荀攸

答え

A.202

④呂範

呂範は「その術が本物かどうか確かめてから殺せばいい」と進言した。于吉に命じて雨乞いをさせると雨が降り始めるが、孫策はそれでも于吉を斬り殺した。

A.203

①遁甲天書

左慈は曹操に峨嵋山中で手に入れた「遁甲天書」によって、道術を学んだと語った。

A.204

②夏侯淵

三八は建安24年、黄猪は黄忠、定軍の南は定軍山の南、一股は夏侯淵を指していた。夏侯淵は建安24年に定軍山の南で黄忠によって討ち取られた。

A.205

①程昱

禰衡は「荀彧は見舞弔問、荀攸は墓守、程昱は門番、郭嘉は詩の朗読、張遼は太鼓係……」など、曹操の配下をことごとく侮辱した。

問題　事件５　知られざる名将たち

★★★　Q.206

呉と蜀が同盟を組んだことに怒った曹丕が呉に攻め寄せた際、安東将軍に封じられ、都督としてこれを防いだ呉の武将は？

①陸遜

②徐盛

③丁奉

④凌統

5路からの蜀攻めが失敗した魏は、
5路のひとつであった呉が
蜀と同盟を組んだことに怒り、攻め寄せた。

答え

A.206

正解

②徐盛

解説

総大将となった徐盛は揚子江沿いにはりぼての城を立てるという奇策で魏を混乱させ、これを撃退した。この戦における魏軍の損害は、赤壁の戦いに匹敵するものとされている。

関連問題　ネームバリューはそこそこながら、キラリと光るエピソードを持つ人物たち

★★★★ Q.207

曹操に攻められ逃亡する際、残された食糧などが収められた倉に火を放たず封印したことを、曹操から評価されたのは誰？

①劉琮　②張繍　③張魯　④袁譚

★★★★ Q.208

蜀の北伐が開始されたころ、呉から魏へ偽りの投降をして大勝利を収めたのは誰？

①周魴　②周泰　③董襲　④徐盛

★★★★ Q.209

司馬懿に陳倉を蜀から守るよう命じられ、諸葛亮の執拗な攻撃に耐え陳倉を守り通した人物は誰？

①鄧艾　②鍾会　③郝昭　④王双

★★★★★ Q.210

劉備が関羽の仇討ちのために呉を攻めることに反対し、投獄されてしまったのは誰？

①孫乾　②馬謖　③伊籍　④秦宓

答え

A.207

③張魯

漢中の張魯は曹操に攻められ逃げる際、弟の張衛が「倉に火を放とう」と進言するのを「倉庫(の食糧)も宝も国家のもの」として退け、倉を封印した。

A.208

①周魴

周魴は、魏の曹真に呉が滅ぶ7つの理由を述べて降伏するが、それは偽りの降伏だった。偽降を疑われた周魴は、自分の髪の毛を切り落とし、信用させた。

A.209

③郝昭

郝昭の堅い守りに諸葛亮は陳倉攻めを諦め、いったん祁山へ駒を進めた。しかしその後郝昭は病に倒れ、その機に乗じて諸葛亮に陳倉を奪われてしまう。

A.210

④秦宓

秦宓は当初打ち首を命じられるが「死ぬのは悔しくないが、蜀の礎を築きながらそれを失うのが悔しい」と言い、他の家臣たちも秦宓の命乞いをした。

付録

三国志人物事典

姓名	字	コメント
伊籍《いせき》	**機伯**《きはく》	劉備の幕僚で外交官として活躍した。劉備の愛馬「的盧」が凶馬であることを指摘したが、劉備は笑って取り入れなかった。(生没年不明)
于吉《うきつ》		江東の人民に尊敬されていた道士。孫策に邪教を広めていると見なされ捕えられ、殺される。于吉を殺した孫策はその幻影に悩まされ病死した。(~200)
于禁《うきん》	**文則**《ぶんそく》	魏の五大将の1人。樊城の戦いでは関羽に降伏してしまう。于禁の投降を聞いた曹操は、「三十年も仕えてきた男がこのようになるとは」と嘆いた。(~221)
袁術《えんじゅつ》	**公路**《こうろ》	袁紹の従弟ながら、独立した勢力を持った。玉璽(皇帝が持つとされる印)を手に入れ、自ら帝を名乗った。度量が狭く、部下に次々と見放され滅びた。(~199)
袁紹《えんしょう》	**本初**《ほんしょ》	名門出身で、早くから力を持ち北方を平定。曹操を凌ぐ軍勢を持ちながら、用いる献策を誤り、官渡の戦いで曹操に敗れた。(~202)
袁尚《えんしょう》	**顕甫**《けんほ》	美貌で知られる袁紹の三男。父の寵愛を受けて2人の兄を差し置いて後継者となる。曹操に敗れ遼東の公孫康を頼ったが、公孫康に斬首された。(~207)
袁譚《えんたん》	**顕思**《けんし》	袁紹の長男。後継者争いで弟の袁尚と対立した末に両者とも曹操軍に飲み込まれる。最後は曹洪に斬られた。(~205)
王允《おういん》	**子師**《しし》	後漢の司徒。董卓の専横に悩みこれを除こうと画策する。貂蝉を使って呂布と董卓の間を裂き、呂布に董卓を殺させた。(137~192)
王濬《おうしゅん》	**士治**《しじ》	晋の益州の刺史。羊祜の指揮の下、呉に攻め入って呉を滅ぼし三国時代に終わりを告げた。(206~286)
王双《おうそう》	**子全**《しぜん》	曹真の配下の武将。流星鎚という鉄球を振り回す怪力の持ち主。陳倉の戦いで撤退する諸葛亮の軍を追撃したが、反撃され魏延に首を斬られた。(~228)

姓名	字	コメント
王平《おうへい》	子均《しきん》	街亭の戦いで馬謖の副将を務める。馬謖の布陣を諫めるが馬謖は聞き入れず、蜀軍は大敗した。諸葛亮の臨終の際、忠義の士として名前を挙げられた。（～248）
王朗《おうろう》	景興《けいこう》	もとは会稽の太守。後に魏に仕えた。蜀の北伐の際に諸葛亮に論戦を挑み、敗れた王朗は落馬し絶命した。（～228）
蒯越《かいえつ》	異度《いど》	劉表の相談役。劉備の愛馬・的盧が凶相であることを見抜いた。（～214）
蒯良《かいりょう》	子柔《しじゅう》	劉表の参謀。蒯越の兄。孫堅が荊州に侵攻した際、呂公に計を授けて孫堅を射殺させた。（生没年不明）
賈逵《かき》	梁道《りょうどう》	魏の太夫。呉の周魴が偽りの投降をした際にただ1人計略を見抜いた。（生没年不明）
華歆《かきん》	子魚《しぎょ》	献帝の妻伏皇后とその父伏完が曹操を暗殺しようとして失敗した際、禁中に踏み込み伏皇后を捕らえ、髪を引きずって曹操の前に引っ立て、殺させた。（157～231）
賈詡《かく》	文和《ぶんか》	策略に長じていたが、若いときは認められず、各地を転々としていたが、最後は曹操に仕えた。また、曹丕の代では、皇帝即位を勧める上奏を行った。（147～223）
郭嘉《かくか》	奉孝《ほうこう》	参謀として実に的確な提言、助言をした。若くして死んで曹操に大変惜しまれた。（170～207）
郭汜《かくし》	阿多《あた》	董卓が殺された際に李傕とともに長安に乗り込み権力を握る。のちに討伐軍に追われて最後は部下に殺された。（～197）
郝昭《かくしょう》	伯道《はくどう》	魏の武将。諸葛亮の第2次北伐では、陳倉城の守将としてわずかな手勢で籠城を貫き、兵糧が尽きた諸葛亮は撤退した。（～229）

姓名	字	コメント
楽進《がくしん》	文謙《ぶんけん》	曹操挙兵時より従った古参の武将。魏の五将軍の１人。小柄な体ながら数々の戦功を挙げた。（～218）
郭図《かくと》	公則《こうそく》	袁紹の参謀役。官渡の戦いでは早期決戦を推進した。（～205）
夏侯淵《かこうえん》	妙才《みょうさい》	曹操に古くから仕え、数々の功績を挙げた歴戦の雄。晩年には漢中を任されるも、蜀将の黄忠に討ち取られた。（～219）
夏侯恩《かこうおん》		曹操の寵愛を受け、宝剣である青釭の剣を曹操から預かる。長坂の戦いで趙雲に一撃のもとに殺され、宝剣も奪われてしまった。（～208）
夏侯惇《かこうとん》	元譲《げんじょう》	戦場で片目を失いながらも、敵将を斬るなど優れた武勇を発揮した。曹操が死ぬと、追うようにして、病死した。（～220）
夏侯覇《かこうは》	仲権《ちゅうけん》	夏侯淵の子。曹爽が反乱を起こした際、曹爽の一族であるため誅されるのを恐れて蜀に降った。蜀では姜維の信頼を得て活躍する。（～262）
夏侯楙《かこうぼう》	子休《しきゅう》	夏侯淵の子で夏侯惇の養子。諸葛亮の北伐の際に自ら総大将に名乗りを上げたが、散々にあしらわれて捕虜となった。（生没年不明）
何進《かしん》	遂高《すいこう》	元は肉屋であったが、妹の何太后が霊帝の後宮に入り少帝を生んだことから外戚として権力をふるう。しかし何進に反発する宦官によって暗殺された。（～189）
華佗《かだ》	元化《げんか》	三国志随一の名医としてたびたび登場する。関羽、周泰らの傷を治した。曹操の頭痛を治すため開頭手術を提案し、曹操の怒りを買って処刑された。（生没年不明）
何太后《かたいこう》		霊帝の皇后。何進の妹。息子の少帝が即位したが董卓によって廃位され、何太后も毒殺された。（～189）

姓名	字	コメント
華雄《かゆう》		董卓配下の武将。汜水関に攻め寄せる反董卓連合軍を迎え撃ち、奮戦。最後は関羽に斬られた。 (～191)
関羽《かんう》	**雲長**《うんちょう》	劉備配下では、最古参の武将。張飛とともに、劉備と義兄弟の契りを結んだ。蜀の五虎将筆頭。義に厚く、捕らえられても降伏せず、忠義を全うした。 (162～219)
毌丘倹《かんきゅうけん》	**仲恭**《ちゅうきょう》	遼東半島制圧・高句麗平定に功績を挙げた。司馬師の専横に憤り文欽と共に挙兵したが、司馬師が派遣した諸葛誕に敗れて戦死した。 (～255)
韓玄《かんげん》		長沙の太守。劉備の荊州南郡平定の際に抵抗するが、配下の魏延によって殺された。 (～208)
関興《かんこう》	**安国**《あんこく》	関羽の子。関羽の弔い合戦となった夷陵の戦いでは仇の潘璋を斬って青龍偃月刀を取り戻した。将来を大きく嘱望されたが病気で早死にした。 (～234)
韓遂《かんすい》	**文約**《ぶんやく》	馬騰の義兄弟。馬超と共に曹操討伐の兵を挙げたが、賈詡の離間の計にかかり馬超と仲違いする。やむなく韓遂は曹操に降伏した。 (～215)
韓当《かんとう》	**義公**《ぎこう》	呉三代に仕えた。常に戦場の第一線で奮闘した。 (～227)
甘寧《かんねい》	**興覇**《こうは》	智勇を兼ね備え、戦場では先陣を切って戦った。早くから蜀に進出することを提言しており、先見性も持ち合わせていた。 (～222)
甘夫人《かんふじん》		劉備の正室。劉禅の生母。赤壁の戦いの後に病死した。 (生没年不明)
関平《かんぺい》		関定の子で関羽の養子となる。以来常に関羽に従い数々の戦功を立てた。最期も関羽と共に捕えられて斬首された。 (～219)

姓名	字	コメント
簡雍《かんよう》	**憲和**《けんか》	劉備の挙兵以来の幕僚。劉備が禁酒令を出した際に、ユーモアを交えて劉備の禁酒令を皮肉った。（生没年不明）
顔良《がんりょう》		袁紹配下の武将。その武勇で、曹操軍を震え上がらせるも、白馬の戦いで関羽に斬られた。（～200）
魏延《ぎえん》	**文長**《ぶんちょう》	劉表の配下であったが、劉表が没すると、劉備に仕えた。武勇に優れたが、諸葛亮が没すると、謀反を起こそうとして斬られた。（～234）
吉平《きっぺい》	**称平**《しょうへい》	献帝の侍医。董承と共に曹操暗殺を計画するが、計画が漏れて拷問を受け、自殺した。（～200）
姜維《きょうい》	**伯約**《はくやく》	諸葛亮の片腕となり、常に付き従った。諸葛亮亡き後、遺志を継ぎ、魏と最後まで戦った。（202～264）
喬国老《きょうこくろう》		大喬、小喬の父。（生没年不明）
許褚《きょちょ》	**仲康**《ちゅうこう》	典韋と互角の勝負を繰り広げたことから、曹操の目に留まり迎えられた。その後は、曹操、曹丕の側近として活躍した。（生没年不明）
許攸《きょゆう》	**子遠**《しえん》	袁紹の配下だが官渡の戦いで袁紹を見限り曹操に降る。その際烏巣の食糧庫襲撃を提案し、曹操軍大勝に貢献した。（～204）
紀霊《きれい》		袁術傘下の猛将。関羽と30合あまりの一騎打ちで互角に戦う。袁術が人心を失っても最後まで袁術に従った。最後は張飛との一騎打ちで殺された。（～198）
金旋《きんせん》	**元機**《げんき》	荊州南郡、武陵の太守。劉備の荊州攻めの際に張飛を迎え撃つが敗れる。（～208）

姓名	字	コメント
厳顔《げんがん》		元は劉璋の臣。劉備の益州入りを「虎を放つようなもの」と反対。劉備の侵攻をよく防いだが張飛に捕えられ降伏。以降は老将ながら数々の戦功を立てた。（生没年不明）
献帝《けんてい》		後漢最後の皇帝。董卓に担ぎ出されて即位した。その後、董卓・曹操らの専横に振り回される。曹操の死後曹丕に帝位を禅譲し、漢王朝が終焉した。（181～234）
黄蓋《こうがい》	公覆《こうふく》	孫堅の挙兵以来、父子三代に渡って仕えた。赤壁の戦いでは、「苦肉の策」を用い勝利に導いた。（生没年不明）
黄権《こうけん》	公衡《こうこう》	もと劉璋の配下。のちに劉備に仕え、劉備の皇帝即位を勧めた。（～240）
黄皓《こうこう》		蜀の劉禅に仕えた宦官。劉禅に重用されて権勢を振るい、蜀の滅亡を早めた。（～263）
高順《こうじゅん》		呂布配下の勇将。攻撃した敵を必ず打ち破るため「陥陣営」と呼ばれた。呂布と共に捕えられた際は、主君とは違い一切命乞いをせずに斬首された。（～198）
黄祖《こうそ》		劉表の配下で江夏太守。部下の呂公が孫堅を殺したため、孫策・孫権から仇と狙われる。以来10年にわたって孫一族と交戦するが、最後は甘寧に殺された。（～208）
公孫淵《こうそんえん》		遼東の太守。魏・呉と渡り合って燕王を自ら名乗った。この動きを受けて司馬懿が討伐にあたり、公孫淵は降伏、刑死した。（～238）
公孫瓚《こうそんさん》	伯珪《はくけい》	白馬将軍とも呼ばれ、北方に勢力を築く。袁紹との戦いに敗れ、自害した。（～199）
黄忠《こうちゅう》	漢升《かんしょう》	老将でありながら、関羽と互角に渡り合った。後に、劉備に降り、夏侯淵を斬るなど大いに戦功をあげ、蜀の五虎将に封ぜられた。（148～222）

姓名	字	コメント
皇甫嵩《こうほすう》	義真《ぎしん》	冀州の牧。黄巾賊の征伐に功績を挙げた。 (~195)
孔融《こうゆう》	文挙《ぶんきょ》	孔子の二十代目の子孫にあたる。曹操の幕下に加わったが常に是々非々の姿勢を貫いた。次第に曹操との溝が深まりついに断罪に処された。 (153~208)
呉国太《ごこくたい》		孫堅の妻。劉備と孫夫人の結婚を推進した。 (生没年不明)
顧雍《こよう》	元歎《げんたん》	呉の丞相。穏やかな人格者で孫権の信望が厚かった。 (168~243)
呉蘭《ごらん》		もと劉璋の臣だが劉備に臣従。曹操との漢中攻防戦の際に曹彰に討たれた。 (~218)
蔡瑁《さいぼう》		劉表の配下。甥の劉琮を劉表の後継者とすべく画策する。後に赤壁の戦いで曹操の水軍指揮を取ったが、周瑜の計によって疑いを持たれて斬首された。 (~208)
司馬懿《しばい》	仲達《ちゅうたつ》	諸葛亮の最大のライバル。蜀の侵攻を幾度となく食い止め、守りきった。のちにクーデターを起こし、魏の実権を握る。 (179~251)
司馬炎《しばえん》	安世《あんせい》	司馬昭の子。魏帝の曹奐を廃し魏を滅亡させた。代わって晋王朝を建国、初代皇帝となった。 (236~290)
司馬徽《しばき》	徳操《とくそう》	雅号は水鏡。劉備に、伏龍・鳳雛の存在を伝えた。 (生没年不明)
司馬師《しばし》	子元《しげん》	司馬懿の長男。父同様策略に長け、魏の大将軍となり、専権を振るった。 (208~255)

姓名	字	コメント	
司馬昭《しばしょう》	子尚《ししょう》	兄、司馬師の後を受け魏の実権を握り、蜀を滅ぼす事に成功。しかし、曹操を見習い、帝位には就かなかった。	(211～265)
周倉《しゅうそう》		元は山賊。関羽が曹操の元を離れた際に関羽に願って配下になった。以後は常に関羽のそばで忠節を尽くした。関羽の首を見せられて自害した。	(～219)
周泰《しゅうたい》	幼平《ようへい》	元は海賊。孫策が劉繇と戦った際に孫権の護衛を務め、大怪我を負いながらも孫権を救ったために信望を得た。その後も各地で戦功を挙げた。	(～225)
周魴《しゅうほう》	子魚《しぎょ》	呉の臣。曹休に偽りの降伏をし、石亭に誘い出すことに成功、呉軍は大勝した。	(生没年不明)
周瑜《しゅうゆ》	公瑾《こうきん》	孫策の義兄弟で美周郎と言われた。音楽の才能があり、わずかな音のズレも聞き逃さなかったという。赤壁の戦いでは、全軍を指揮し、曹操軍を破った。	(175～210)
朱桓《しゅかん》	休穆《きゅうぼく》	呉の大将。222年には魏の曹仁を打ち破った。孫権以外から命令を受けることを嫌った。	(生没年不明)
祝融夫人《しゅくゆうふじん》		南蛮王孟獲の妻で飛刀の達人。張嶷・馬忠を生け捕るなど蜀軍を苦しめた。最後は孟獲と共に蜀に帰順した。	(生没年不明)
朱然《しゅぜん》	義封《ぎほう》	呉の武将。呂蒙に従って潘璋らと共に関羽を生け捕る。関羽の仇討ちに燃える蜀軍の趙雲に討ち取られた。	(182～222)
荀彧《じゅんいく》	文若《ぶんじゃく》	曹操に仕え多大なる功績を残したが、曹操を魏公につけようとする動きに反発。曹操から疎んじられ、最後は曹操から空の容器を贈られ自殺した。	(163～212)
淳于瓊《じゅんうけい》	仲簡《ちゅうかん》	袁紹の配下。官渡の戦いで烏巣の守備隊長を務めたが、酒に酔って警備を怠り、夜襲を受けた。	(生没年不明)

姓名	字	コメント
荀攸《じゅんゆう》	公達《こうたつ》	年下の叔父である荀彧の推薦で仕官した。呂布・袁紹らとの戦いで献策し、多くの功績を残した。(157~214)
蔣琬《しょうえん》	公琰《こうえん》	忠義、礼節を守り、諸葛亮に重用された。諸葛亮亡き後、蜀の丞相になり、国をよく支えた。(~246)
鍾会《しょうかい》	士季《しき》	魏の武将。蜀侵攻の司令官。蜀の滅亡に大きく貢献する。直後に司馬一族を倒すべく、降伏した姜維と組んで反乱軍を起こすが戦死した。(225~264)
蔣幹《しょうかん》	子翼《しよく》	曹操の臣。周瑜の幼なじみであり、赤壁の戦いで周瑜を味方に引き入れる使者に立つが、偽の手紙をつかまされるなど周瑜にさんざんに利用された。(生没年不明)
小喬《しょうきょう》		周瑜の妻。姉の大喬と共に絶世の美女として知られる。(生没年不明)
蔣欽《しょうきん》	公奕《こうえき》	もとは海賊の出身だが、孫堅に諭されて勉学に励み、文武両道の将軍として信望を得た。(~219)
少帝《しょうてい》		霊帝の太子。何太后の子。董卓が献帝を立てるべく動いた際に帝位を廃され、後に毒殺された。(生没年不明)
諸葛恪《しょかつかく》	元遜《げんそん》	諸葛瑾の子。幼いころから才気にあふれていたが、孫権の後継者争いで実権を得ると専横に走った。孫峻によって暗殺された。(203~253)
諸葛瑾《しょかつきん》	子瑜《しゆ》	蜀の大軍師、諸葛亮の兄。孫権に仕え、温厚な性格で信頼が厚かった。蜀に使者として赴くなど、外交面での活躍が多かった。(174~241)
諸葛瞻《しょかつせん》	思遠《しえん》	諸葛亮の子。綿竹の戦いで戦死し、直後に蜀は滅亡した。(227~263)

姓名	字	コメント
諸葛誕《しょかつたん》	公休《こうきゅう》	魏の将軍。司馬昭の専横を廃すべく反乱を起こすが敗れて戦死した。 (～258)
諸葛亮《しょかつりょう》	孔明《こうめい》	劉備に三顧の礼をもって迎えられて以来、蜀の軍師として獅子奮迅の活躍を見せる。劉備亡き後は、後事を託され劉備の遺志を継いだ。 (181～234)
徐晃《じょこう》	公明《こうめい》	武勇に優れ、忠誠心厚く、曹操に傾倒していた。また、曹操の死後も曹丕に仕え、戦功を挙げた。 (169～228)
徐庶《じょしょ》	元直《げんちょく》	劉備に認められ仕える。しかし、母を曹操に捕らえられ、曹操に仕えた。また、劉備の元を去る際に、諸葛亮を推挙した。 (生没年不明)
徐盛《じょせい》	文嚮《ぶんきょう》	呉の将軍。曹丕が呉に侵攻した際、城壁の絵を書いて曹丕を動揺させ、退却させた。 (生没年不明)
審配《しんぱい》	正南《せいなん》	袁紹配下の参謀。官渡の戦いで指揮を執ったが大敗した。 (～204)
曹叡《そうえい》	元仲《げんちゅう》	曹丕の太子。魏の二代目の皇帝。即位した際に劉曄が秦の始皇帝と比べるほどの才気を見せた。35歳の若さで病死した。 (205～239)
曹奐《そうかん》	景明《けいめい》	魏王朝最後の皇帝。司馬炎によって帝位を廃され、魏王朝は滅び晋王朝が誕生した。 (246～302)
曹休《そうきゅう》	文烈《ぶんれつ》	曹操の甥。曹操が挙兵した際、傘下に加わるため遠方から訪れ、曹操を喜ばせた。その後さまざまな戦功を挙げる。 (～228)
曹昂《そうこう》	子修《ししゅう》	曹操の長男。曹操が張繡の夜襲を受けた際に父の身代わりになって殺された。 (～197)

姓名	字	コメント
曹洪《そうこう》	**子廉**《しれん》	曹操の従兄弟。曹操が董卓に敗れた際に、曹操に自分の馬を譲って救い出した。その後も常に曹操のそばで従軍した。（～232）
曹彰《そうしょう》	**子文**《しぶん》	曹操の子、曹丕の弟。腕力自慢で曹操には「黄鬚」と呼ばれた。（～223）
曹植《そうしょく》	**子建**《しけん》	曹操の子。曹操の後継者候補と目された。詩才にあふれ、七歩歩く間に詩を作れと曹丕が無理難題を命じた際に、見事な詩を詠んで曹丕を涙させた。（192～232）
曹真《そうしん》	**子丹**《したん》	曹操の甥。諸葛亮の北伐に対抗する将軍としてたびたび蜀軍と戦った。（～231）
曹仁《そうじん》	**子孝**《しこう》	曹操の従兄弟で、曹操の挙兵当初から活躍。関羽から城を守り通すなど、優れた統率力を見せた。（168～223）
曹嵩《そうすう》	**巨高**《きょこう》	曹操の父。徐州で陶謙の部下に襲撃されて殺される。これをきっかけに曹操が徐州へ侵攻した。（～193）
曹操《そうそう》	**孟徳**《もうとく》	英知に富み、才能のあるものを重用した。また、戦では権謀術数を駆使し、陣頭に立って軍を指揮し、最大の勢力を築くまでになった。（155～220）
曹爽《そうそう》	**昭伯**《しょうはく》	曹真の子。幼帝曹芳の後見役となり専横を極めたが、司馬懿のクーデターにより誅された。（～249）
曹丕《そうひ》	**子桓**《しかん》	曹操の長男。初代魏の皇帝となる。皇帝となってわずか7年で死去。（187～226）
曹芳《そうほう》	**蘭卿**《らんけい》	曹叡の子。曹叡の死後皇帝となる。司馬一族の追放を企てたが、失敗して退位を余儀なくされた。（231～274）

姓名	字	コメント
孫桓《そんかん》	叔武《しゅくぶ》	孫権の臣。関羽の敵討ちに燃える劉備が呉に侵攻した際に夷陵を守り抜いた。（生没年不明）
孫休《そんきゅう》	子烈《しれつ》	呉の皇帝。当時実権を握っていた孫綝に対抗し、張布、丁奉らと謀って孫綝の誅殺に成功、皇室の正常化を図った。（235～264）
孫堅《そんけん》	文台《ぶんだい》	剛直で素朴な人柄が人々を引き付け、江東に勢力を築いた。反董卓軍では先鋒となるなど、武勇に優れていた。劉表との戦いの最中、若くして戦死した。（156～192）
孫権《そんけん》	仲謀《ちゅうぼう》	父、孫堅と兄、孫策の築いた江東の地を受け継ぎ、呉を建国。魏の侵攻に立ち向かった。魏、蜀がそれぞれ皇帝を名乗ると初代の呉の皇帝となった。（182～252）
孫乾《そんけん》	公祐《こうゆう》	劉備が徐州を譲られた際に参謀として仕官する。袁紹や劉表などに対する使者として外交手腕を発揮した。（生没年不明）
孫皓《そんこう》	元宗《げんそう》	呉最後の皇帝。幼少のころは才気煥発であったが、帝位につくと豹変し、暴虐の限りを尽くした。晋の軍に敗れて司馬炎に臣従した。（242～284）
孫策《そんさく》	伯符《はくふ》	父、孫堅の後を継ぎ、呉の礎を築いた。勇猛果敢で、才能あるものが多く彼の下に集まった。早世し、後事を弟の孫権に託した。（175～200）
孫仁《そんじん》		孫権の妹。政略結婚で劉備に嫁いだ。常に武器を手放さなかったことから弓腰姫とも呼ばれる。劉備が没したという情報を呉で聞いて長江に身を投げた。（～222）
孫亮《そんりょう》	子明《しめい》	呉の第二代皇帝。孫綝の専横に耐えかねて誅殺をもくろんだが、露見して帝位を廃された。（243～260）
大喬《だいきょう》		孫策の妻。妹の小喬と共に絶世の美女として知られる。（生没年不明）

姓名	字	コメント
太史慈《たいしじ》	**子義**《しぎ》	孫策と一騎打ちをし、互角に戦った。のちに孫策に捕らえられたが、手厚くもてなされ、仕えるようになった。（166～206）
趙雲《ちょううん》	**子龍**《しりゅう》	智勇兼備で、諸葛亮の最も信頼する武将だった。長坂の戦いで単身敵陣に乗り込み、幼い劉禅を救った。（～229）
張角《ちょうかく》		仙人に仕え、術によって信者を増やした。黄巾の賊の首領となって、官軍を苦しめるも、各地で討伐軍が結成され群雄割拠の幕明けとなった。（～184）
張紘《ちょうこう》	**子綱**《しこう》	張昭と共に呉の二張と讃えられた。主に内政に力を注ぎ、呉の礎を築いた。（～212）
張部《ちょうこう》	**儁乂**《しゅんがい》	元は袁紹の武将だったが、曹操軍に敗れ配下となる。その後は信任厚く各地を転戦し、街亭の戦いで馬謖を打ち破るなど数々の功績を挙げた。（～231）
張繍《ちょうしゅう》		叔父の妻を曹操に奪われたことがきっかけで曹操を襲撃し、曹操を危機に陥れた。（～207）
張昭《ちょうしょう》	**子布**《しふ》	呉の二張の1人。孫策の臨終の際に孫権に「内政はすべて張昭と相談して決めよ」と遺言された。（156～236）
張松《ちょうしょう》	**永年**《えいねん》	劉璋配下の武将。張魯の侵攻を食い止めるべく他国に助勢を求め、劉備を蜀に導いた。（～212）
張任《ちょうじん》		劉璋配下の武将。勇猛で豪胆。劉備軍に敗れ、捕らえれるも降らず、忠義を全うした。（～214）
貂蝉《ちょうせん》		歌や舞いに秀でた絶世の美女。董卓、呂布を虜にし、仲たがいさせる事に成功し、呂布は董卓を殺害した。（生没年不明）

姓名	字	コメント
張飛《ちょうひ》	翼徳《よくとく》	関羽同様、劉備の義弟として仕えた蜀の五虎将の1人。長坂の戦いで、曹操軍に追いつめられた際、ただ一騎で立ちふさがり、退却させた。 (168～221)
張苞《ちょうほう》		張飛の子。関羽の子の関興と義兄弟の契りを結んだ。戦場で崖から転落し、破傷風を併発して死んだ。 (～229)
張宝《ちょうほう》		黄巾賊の頭領である張角の弟。人公将軍と呼ばれた。 (～184)
張遼《ちょうりょう》	文遠《ぶんえん》	はじめは呂布の配下だったが、曹操に忠義の士として迎えられた。以後、呉の侵攻を食い止めるなど、数々の功績を残した智勇兼備の将。 (169～224)
張梁《ちょうりょう》		黄巾賊の頭領である張角の弟。地公将軍と呼ばれた。 (生没年不明)
張魯《ちょうろ》	公祺《こうき》	五斗米道の三代目教祖。漢中を支配して劉璋とつばぜり合いを繰り広げたが曹操の侵攻に遭い降伏した。 (生没年不明)
陳宮《ちんきゅう》	公台《こうだい》	逃亡中の曹操と出会うが、曹操の残虐性を知り立ち去る。後に呂布の参謀として曹操の前に立ちはだかるが、呂布が敗れ刑死した。 (～198)
陳登《ちんとう》	元龍《げんりゅう》	父の陳珪と共に徐州にあって、呂布・劉備・曹操に仕えて立ち回った。 (生没年不明)
程昱《ていいく》	仲徳《ちゅうとく》	曹操の信頼が厚く、軍師として数々の献策をした。特に、人物を見る目に優れ、早くから劉備を警戒していた。 (141～220)
丁原《ていげん》	建陽《けんよう》	呂布の義理の父。董卓に買収された呂布の裏切りで殺された。 (～189)

姓名	字	コメント
程普《ていふ》	徳謀《とくぼう》	孫堅の黄巾賊討伐の際から従軍した古参の将。文武両道で呉三代に仕えた。（生没年不明）
丁奉《ていほう》	承淵《しょうえん》	呉の大将軍。張遼を射殺するなどの戦功がある。（～271）
典韋《てんい》		夏侯惇が曹操に推挙したほどの豪傑。曹操が謀略によって寝込みを襲われた際に、獅子奮迅の働きを見せ、これを助けるも力尽きた。（～197）
田豊《でんほう》	元皓《げんこう》	袁紹配下の武将。官渡の戦いの際、献策が用いられず、投獄された。（～200）
鄧艾《とうがい》	士載《しさい》	魏の将軍。成都を急襲して蜀を滅ぼした。直後、鍾会の陰謀で魏に謀反を企てたという無実の罪に問われる。（197～264）
陶謙《とうけん》	恭祖《きょうそ》	徐州の刺史。曹操の父が領内で殺害されたため、攻撃される。援軍に劉備を迎え入れ、自分の後継とした。（132～194）
鄧芝《とうし》	伯苗《はくびょう》	蜀の外交官。関羽の戦死以降決裂していた蜀と呉の関係を修復し、同盟を結ぶ手柄を立てた。（生没年不明）
董承《とうしょう》		後漢の臣。献帝の命で曹操の暗殺を企てるが事が露見、処刑された。（～200）
董卓《とうたく》	仲穎《ちゅうえい》	後漢の宦官を一掃し、実権を握り、洛陽を焼き払うなど暴虐非道の限りを尽くした。最後は配下の呂布に殺害された。（～192）
杜預《とよ》	元凱《げんがい》	晋の将軍。羊祜によって呉侵攻の後継者として指名され、呉を降伏させた。（222～284）

姓名	字	コメント
馬謖《ばしょく》	幼常《ようじょう》	独断で指揮を取り、街亭の戦いで敗れた。諸葛亮に才能を惜しまれながらも、軍律を正す為に斬られた。(190～228)
馬岱《ばたい》		馬超と行動を共にし、劉備に降った。忠義の士として各地で戦い功を挙げた。諸葛亮亡きあと、謀反を起こそうとした魏延を斬った。(生没年不明)
馬超《ばちょう》	孟起《もうき》	張飛との一騎打ちでも引けを取らなかった。その後、劉備に降り、蜀の五虎将に封ぜられた。(176～222)
馬騰《ばとう》	寿成《じゅせい》	義を重んじ、董卓征伐の連合に名を連ねる。曹操暗殺の血判状にも名を連ねるが、露見し逆に殺害された。(～211)
馬良《ばりょう》	季常《きじょう》	俊才として、劉備に仕え、荊州の守りを補佐した。劉備の呉征伐に従軍するも、劉備の策を制しきれず、大敗した。(187～225)
潘璋《はんしょう》	文珪《ぶんけい》	呉の将軍。部下の馬忠が関羽を生け捕りにした。関羽の息子である関興に討ち取られた。(～222)
費禕《ひい》	文偉《ぶんい》	内政に従事し、諸葛亮亡き後は、彼の言った事をよく守った。蒋琬亡き後丞相となったが、魏の降将によって殺害された。(～253)
糜竺《びじく》	子仲《しちゅう》	もとは徐州の富豪。劉備の人柄にほれこみ、妹を劉備の側室にした。最後まで劉備に付き従った。(～221)
糜夫人《びふじん》		糜竺・糜芳の妹。長坂の戦いで幼い劉禅と共に取り残された際、趙雲が救出に来たが、足手まといにならないように井戸に身を投げた。(～208)
糜芳《びほう》	子方《しほう》	糜竺の弟。食糧の援助を求めてきた関羽を結果的に裏切る形になってしまい、呉に降った。これがもとで関羽が敗死することになった。(～221)

姓名	字	コメント
文欽《ぶんきん》	仲若《ちゅうじゃく》	魏の将軍。司馬昭に対して反乱を起こすが敗れ、最後は仲間割れを起こして諸葛誕に殺された。 (~257)
文醜《ぶんしゅう》		華北最大の勢力の袁紹軍の中にあって、顔良と共に武勇で鳴らした。曹操との戦いの中で敗れる。 (~200)
文聘《ぶんぺい》	仲業《ちゅうぎょう》	もとは劉表の配下。劉表が降伏した際、曹操に「真の忠臣」と賞された。その後も江夏の地を長く守り続けた。 (生没年不明)
法正《ほうせい》	孝直《こうちょく》	もとは劉璋に仕えたが、劉備を蜀に引き入れるべく暗躍した。劉備入蜀の後も手腕を発揮する。 (176~220)
龐統《ほうとう》	士元《しげん》	諸葛亮と並び評されるほどの知略の持ち主。劉備に仕えるも、諸葛亮の推挙があるまでは、重要な職を任されなかった。蜀に侵攻中に無念の戦死。 (178~213)
龐徳《ほうとく》	令明《れいめい》	西涼の馬超配下の武将だったが、捕らえられ、曹操に降った。関羽との一騎打ちで互角に渡り合うなど、優れた武勇を見せた。 (~219)
歩隲《ほしつ》	子山《しざん》	呉の官僚。陸遜の跡を継ぎ呉の丞相となった。 (~247)
満寵《まんちょう》	伯寧《はくねい》	魏の将。内政・軍事・外交と多方面に才能を発揮する。楊奉の配下だった徐晃を説得し、曹操の幕下に加えた。 (~242)
夢梅居士《むばいこじ》		曹操が馬超と対峙していた際に、氷の城を作るように進言した。忠告を受けた曹操は馬超を破った。 (生没年不明)
孟獲《もうかく》		南蛮の王。諸葛亮に捕らえられる度に、釈放されたが、七度目にようやく帰順。 (生没年不明)

姓名	字	コメント
孟達《もうたつ》	子慶《しけい》	蜀の将。関羽戦死の際に援軍を送らなかった事が原因で魏に降る。後に諸葛亮に呼応して内応を計画したが、司馬懿の知るところとなり失敗に終わった。（～228）
孟優《もうゆう》		孟獲の弟。孟獲と共に蜀に帰順した。（生没年不明）
楊懐《ようかい》		劉璋の配下。劉備の監視役を任されたが、劉備の入蜀の際に謀殺された。（～212）
羊祜《ようこ》	叔子《しゅくし》	晋の将軍。呉侵攻の指揮者として襄陽に赴任した。呉側の指揮者である陸抗と互いに尊敬しあう仲となる。後継者に杜預を推薦して病没した。（221～278）
楊修《ようしゅう》	徳祖《とくそ》	曹操の参謀。才気煥発の秀才だったが、曹操の本心を言い当てたことに曹操が怒り、打ち首にされた。（175～219）
雷銅《らいどう》		もとは劉璋の将。のちに劉備に帰順して張飛の下で活躍するが、張郃に殺された。（～218）
李異《りい》		斧の使い手。孫桓の部将。関興に首を斬られる。（～221）
李恢《りかい》	徳昂《とくこう》	もとは劉璋の臣。劉備に帰順した後、張魯に身を寄せていた馬超を劉備に降らせる功績を挙げた。（～231）
李傕《りかく》		董卓の死後、郭汜と共に長安に乗り込み朝廷の実権を握った。後に献帝が派遣した討伐軍に敗れて刑死した。（～198）
陸抗《りくこう》	幼節《ようせつ》	陸遜の子。晋の侵攻に対して襄陽口に派遣され、膠着状態の中、敵将の羊祜と互いに尊敬しあう。これが主君の孫皓に知れ、内通を疑われて左遷された。（226～274）

姓名	字	コメント
陸遜《りくそん》	伯言《はくげん》	呂蒙の後、軍を任され丞相となる。智勇を兼ね備え、劉備軍を撃破するなど、数々の功績を挙げた。 (183~245)
李厳《りげん》	正方《せいほう》	劉璋・劉備に仕え、諸葛亮の信望が厚かった。しかし食糧輸送が長雨のため失敗し、責任を諸葛亮に転嫁しようとしたことが発覚、官職を剥奪された。 (~234)
李典《りてん》	曼成《まんせい》	曹操の旗揚げ以来の将軍。合肥の戦いで張遼の副将を務める。 (174~209)
劉焉《りゅうえん》	君郎《くんろう》	劉璋の父。幽州の太守を務め、後に益州の牧となった。 (~194)
劉琦《りゅうき》		劉表の長男。劉ｿｳの跡継ぎをもくろむ蔡瑁らに殺されそうになったため、自ら身を引いた。 (~209)
劉璋《りゅうしょう》	季玉《きぎょく》	益州の刺史。他国に狙われ、防衛する術を持ちえなかった。最後には見限られ、劉備に蜀を奪われた。 (~219)
劉禅《りゅうぜん》	公嗣《こうし》	劉備の子で蜀の二代目皇帝。暗愚で宦官の黄皓を信頼し酒色にまみれた。魏軍が成都に迫ると、各地で戦う将兵を見捨てて降伏した。 (207~271)
劉備《りゅうび》	玄徳《げんとく》	黄巾の乱を討伐する為に、義勇軍として活躍。関羽、張飛と共に各地を転戦した。諸葛亮を得た後に飛躍し、劉璋を倒しその地に蜀を建国した。 (161~223)
劉表《りゅうひょう》	景升《けいしょう》	荊州の刺史。優柔不断で、物事を即決することができなかった。覇を狙う機会はあったが、好機を逃した。 (142~208)
劉封《りゅうほう》		劉備の養子。関羽が呉に討ち取られた際に援軍を出さなかったとして劉備に処刑された。 (~220)

姓名	字	コメント
劉曄《りゅうよう》	子揚《しよう》	曹操の幕僚。曹叡が即位した際に周囲の臣下たちに「秦の始皇帝、漢の武帝と肩を並べるが、才略はわずかに劣る」とその人望を評した。（生没年不明）
廖化《りょうか》	元倹《げんけん》	もと黄巾の残党。諸葛亮に忠義の士の一人として数えられた。（～264）
凌操《りょうそう》		凌統の父。孫権に従って黄祖を討った際に、当時黄祖の下についていた甘寧に殺された。（～203）
凌統《りょうとう》	公績《こうせき》	呉の将軍。甘寧を父の仇と憎んでいたが、合肥の戦いで甘寧に命を救われて和解した。（189～237）
呂範《りょはん》	子衡《しこう》	呉の幕僚。劉備と孫夫人の政略結婚の際に呉側の仲人となり、劉備暗殺を画策した。（～228）
呂布《りょふ》	奉先《ほうせん》	抜群の武勇で中原を席巻した。義父である丁原、董卓を次々と殺した。最後は味方に裏切られ、斬首された。（～198）
呂蒙《りょもう》	子明《しめい》	はじめは武勇のみの武将だったが、後に学問に取り組み、魯粛の後継となった。また、策をもって関羽を捕らえ、荊州を奪還した。（178～219）
霊帝《れいてい》		少帝、献帝の父。政治を宦官に任せ、皇室腐敗の原因を作った。（156～189）
魯粛《ろしゅく》	子敬《しけい》	呉の重臣。孫権の信望厚く、劉備との同盟関係の推進に尽力した。（171～217）
盧植《ろしょく》	子幹《しかん》	劉備の学問の師。黄巾の乱でも戦功を挙げた。（～192）

三国志クイズ学会（さんごくしくいずがっかい）

中国史、日本史を中心とした歴史マニアによるグループ。

原典を読み込み、あまり知られていないエピソードや、歴史上の人物の知られざるパーソナリティを見つけることに喜びを見出す。

メンバーの興味範囲は思想史や音楽史、神話や博物学など幅広い。

マイナビ文庫

クイズで楽しむ　三国志仰天エピソード210

2014年5月31日　初版第1刷発行

編　者　三国志クイズ学会
発行者　中川信行
発行所　株式会社マイナビ
〒100-0003 東京都千代田区一ツ橋1-1-1 パレスサイドビル
TEL 048-485-2383（注文専用ダイヤル）
TEL 03-6267-4477（販売）／TEL 03-6267-4437（編集）
URL http://book.mynavi.jp

ブックデザイン　米谷テツヤ（PASS）
印刷・製本　図書印刷株式会社

ISBN978-4-8399-5104-7
Printed in Japan